행복을 찾아서

행복을 찾아서

발행일   2021년 12월 20일

지은이   청순별랑
펴낸이   손형국
펴낸곳   (주)북랩
편집인   선일영   편집   정두철, 배진용, 김현아, 박준, 장하영
디자인   이현수, 한수희, 김윤주, 허지혜, 안유경   제작   박기성, 황동현, 구성우, 권태련
마케팅   김회란, 박진관
출판등록   2004. 12. 1(제2012-000051호)
주소   서울특별시 금천구 가산디지털 1로 168, 우림라이온스밸리 B동 B113~114호, C동 B101호
홈페이지   www.book.co.kr
전화번호   (02)2026-5777   팩스   (02)2026-5747

ISBN   979-11-6836-074-7 03810 (종이책)   979-11-6836-075-4 05810 (전자책)

(주)북랩 성공출판의 파트너
북랩 홈페이지와 패밀리 사이트에서 다양한 출판 솔루션을 만나 보세요!
홈페이지 book.co.kr   •   **블로그** blog.naver.com/essaybook   •   **출판문의** book@book.co.kr

작가 연락처 문의 ▶ ask.book.co.kr
작가 연락처는 개인정보이므로 북랩에서 알려드릴 수 없습니다.

청순별랑 판타지 소설

행복을 찾아서

북랩 book Lab

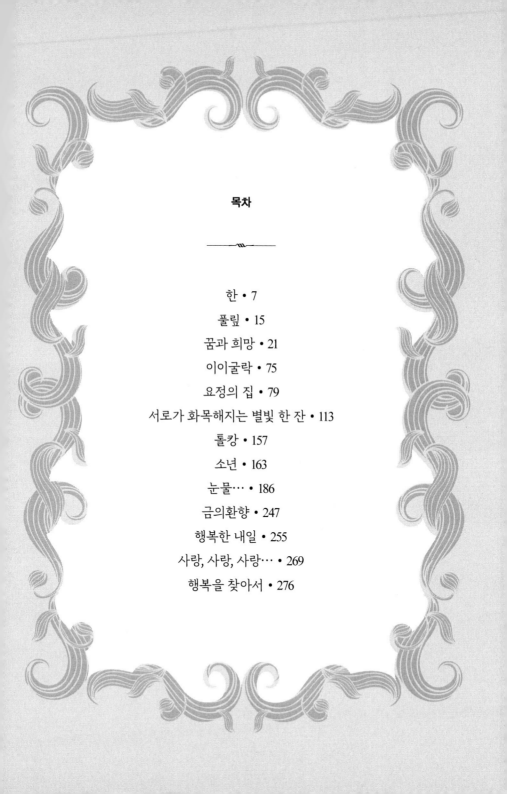

목차

한

한은 올해 딱 스무 살이었다.

시골 마을의 아주 평범한, 또는 보잘것없는 소작농의 장남으로 내세울 거라곤 멀쩡한 허우대와 철학에 나름 정통하다고 자부하는 아버지의 어깨너머로 배운 몇 쪼가리 철학 이야기뿐이었다.

아니, 정말 내세울 만한 건 그게 아니었다.

마을에서 제일 예쁜 날리아와 어렸을 때 소꿉놀이를 하면 늘 남편을 도맡아 했다는 사실과 날리아가 대외적으로 한 번도 인정한 적은 없지만 그래도 마을 사람들이 둘이 가장 친하다고 생각하고 있다는 게 아마 가장 내세울 만한 거였는데….

"미안해…"

그 혼자만의 뿌듯함이 이제 두 동강 세 동강이 나 하늘로 아무도 모를 눈물이 되어 날아가고 있었으니, 며칠 전 날리아가 조용히 이별을 고한 까닭이었다.

'이별…'

헤어짐을 뜻하는, 영영 더 이상 가까이 할 수 없다는 그 말이 주는 비극성은 날리아가 첫사랑이란 이유로 더욱 가슴을 미어지게 했는데….

'가자…'

이제 그 텅 빈 가슴에 마침표를 찍기 위해 한은 눈물을 찰랑거리며 물레방앗간으로 향했다. 날리아가 마지막으로 이별주를 한잔하자고 청했기 때문이었다.

물레방앗간의 나무 벽 틈새로 햇살이 하얗게 새어 들어왔다.

날리아와 한은 마주 앉아 술잔을 기울이고 있었다.

"정말 미안해…"

서글픈 날리아의 목소리에 한은 힘없이 고개를 끄덕였다.

괜찮다고….

하지만 술잔에 흔들리는 반짝임은 슬픔, 체념이라면 체념, 비록 소꿉놀이 친구 때부터 좋아해온 사이지만 어른의 문턱에 선 현실은 또 다른 세상이었다.

까닭은….

어릴 적 소꿉놀이를 하면 애기 역할을 하던 지크라는 친구가 있었다.

지크는 지난해 부친의 연줄로 군에 들어가더니 하급 장교가 되어 금의환향을 했고, 더해서 간악한 요정들을 무찌르고 얻었다며 날리아에게 콩알만 한 푸른 보석 목걸이를 선물했다.

"어우야!"

날리아는 눈이 확 돌아간 건 아니었지만 거울에 비친 목걸이는 가슴에 명확한 파문을 일으켰고, 결국 그 푸른 빛깔만큼 명료해진 현실을 받아들일 수밖에 없었다.

"그래…. 사랑이 밥 먹여주는 건 아니니까."

지크네 집은 이 시골 마을에서 가장 부유했다. 그리고 이제 장교라는 사회적 지위까지 생겼으니 날리아의 부모님은 지크를 사위처럼 반겼다.

"어서 와. 뭐 또 이런 걸."

그에 반해 한이 날리아의 집에 가져다 줄 수 있는 건 아버지 몰래 밭에서 뽑아온 농작물뿐이었다.

"뭐 하러 가져왔어. 너 또 아버지한테 혼난다? 얼른 갖다가 다시 심어놔."

"……."

모든 일엔 한계가 있다는 걸 한도 모르진 않았다. 그저 안타까운 마음이 현실과 존재 사이에 초라할 뿐이었다.

술의 표면이 반짝거렸다.

소꿉놀이가 아무리 재밌어도 해가 지면 집에 가야하듯 현실은 받아들이기 어려워도 결국 목구멍 너머로 삼켜야만 했다.

"잘됐어. 지크가 착하잖아. 귀엽기도 하고…. 둘이…. 잘 어울리는 것 같아."

낙엽처럼 떨어지는 한의 목소리에 날리아는 시무룩해졌다.

"미안…."

"아니야. 그보다 너랑 이렇게 마지막으로 한잔할 수 있어서 내가 고맙지. 또 언제 이렇게 단둘이 마셔보겠어. 이젠 다…."

한의 가슴에 늦가을의 풍경이 펼쳐졌다.

쓸쓸한 그 풍경 위로 사랑이 떠나가고 있었다.

붙잡을 수 없는 봄날…. 추억은 낙엽 되어 구르고 심장은 메마른 가지처럼 부러질 듯한데….

날리아가 술잔을 내려놓고 다가앉았다. 한의 무릎에 손을 얹었다.

"그래서, 그래서 널 보자고 한 거야. 마지막으로 한 번 더 안아보고 싶어서. 슬프지만 우리의 소중한 추억을 영원히 잊지 않으려고…."

둘 사이로 애달픈 심정이 반짝거렸다.

풋풋한 시절의 약속들과 못다 한 사랑 이야기가 가슴에 아렸다.

'미안….'

두 입술이 포개어졌다.

빨라지는 고동소리, 사르락거리는 치마, 서로를 감싸고 어루만지는 손길마다 애타는 마음이 아롱졌다.

'미안해…!'

마지막 사랑이 불타올랐다. 옷들이 흘러내리고 속살이 햇살에 빛났다. 실오라기를 벗어던진 두 나신은 운명에라도 쫓기듯 서로를 끌어안았다.

절절한 감촉, 쏟아질 것만 같은 눈빛, 알몸의 격정이 영혼을 휩싸 오르니 그렇게 하나 된 순간 심장이 뒤집혔다.

눈부심….

만발….

찬란….

하염없는 충만감은 어린 시절 놀라운 첫 경험의 순간처럼 넘실거리고….

'아아…!'

안타깝고 서글퍼도 그 하나 된 벅참이 영원처럼 좋았는데….

'날리아….'

꿈처럼 행복했는데….

그때 아렴풋이 들려오는 아이들의 목소리가 그 희열의 꿈을 와장창 깼다.

"물레방앗간으로 가서 딱지치기하자!"

"와아!"

둘은 눈을 번쩍 떴다. 몰려오는 아이들의 목청에 화들짝 떨어졌다.

발가벗은 현실, 커져오는 발소리, 둘은 정신없이 옷들을 주워 입었다.

'이런 젠장!'

숨 가빠, 미친 듯이, 둘은 물레방앗간에서 번갯불처럼 도망쳤다.

그리고 잘 가라….

손을 흔들었지만 날리아는 어느새 마파람에 게 눈 감추듯 숲으로 사라졌다. 한은 가슴의 고동 소리를 들으며 마지막 그 손길을 조금 더 흔들다 내렸다.

'잘 가…. 내 첫사랑….'

물레방앗간 쪽에서 아이들의 왁자한 웃음소리가 들려왔다. 세상은 자신의 초라한 이별엔 아무 관심도 없었다. 그저 붉어진 햇살이 마지막의 끝을 알리듯 장렬했다.

'그래…. 행복해라….'

허망한 심정을 삼키고 한은 터벅터벅 노을 속을 걸었다.

눈물이 앞을 가렸다. 소작농이나 하는 집구석은 꼴도 보기 싫고 이대로 어디론가 휙 사라져 버리고 싶었다.

'내가 진짜…'

가난 때문에 사랑을 잃어야 하는 이 현실이 너무 싫었다.

'쉬부르알…'

울픈 가슴을 떨며 붉은 노을을 돌아보던 한은 문득 걸음을 세웠다. 뭔가 빛 다른 생각 하나가 스쳐갔다. 그건 며칠 전에 들은 풍문….

머나먼 저 어딘가에서 한 늙은 드래곤이 임종에 가까워지고 있고, 그 고룡의 궁에 가득한 금은보화를 노리고 온갖 종족의 군상들이 모여들고 있다는….

"……."

운명만 같은 바람이 불어왔다. 붉어진 그 바람결에 심장이 고동쳤다.

"그래…"

더 이상 이렇게 살 순 없었다. 사랑하는 이에게 다른 녀석의 품에 안겨 행복하라는 말이나 하는…. 비참한…. 비굴한 순응….

"맞아…"

어쩌면 지금이 삶의 가장 중요한 순간일지 몰랐다.

"이런 쉬부르알!"

저 멀리 웃고 있는 허수아비를 향해 그렇게 소리치고 한은 즉시 집을 향해 뛰었다.

바람같이 도착한 집에서 가방과 옷가지와 그 동안 몰래 모아 온 비상금을 챙겨 뛰쳐나왔다. 그 모습에 평소 오빠를 숭모하던 여동생이 소리쳤다.

"오빠 어디가!"

"바람 좀 쐬고 올게! 엄마 아빠 말씀 잘 듣고 있어!"

"너 또 아빠한테 혼난다?"

"반지 사다 줄게!"

"우리 오빠 최고!"

여동생의 열렬한 배웅을 받으며 한은 그렇게 가출을 했다.

"가보자!"

축제가 벌어질 드래곤의 산으로 가 자신도 한몫 단단히 챙겨 금의환향하겠다고, 첫사랑도 되찾고 가난한 집구석도 일으켜 세워 끝내 행복해지겠노라고 가슴 벅찬 하룻강아지는 보무도 당당히 고향을 떠났다.

풀잎

풀잎은 올해 나이 스물둘, 약간 무덤덤한 성격인 아가씨였다.

하지만 요샌 도무지 무덤덤할 수가 없었으니, 자꾸 추파를 던지며 마음을 혼란케 하고 때론 설레게도 하던 바람둥이 요정이 어느 날 정말 바람처럼 사라져 버린 것이었다.

문제는 그 바람둥이를 짝사랑하던 정령 닻별이었다.

닻별은 풀잎의 가장 친한 친구인데, 그녀는 풀잎이 의도적으로 둘 사이에 끼어들어 자신의 사랑을 깨뜨렸다고 가슴을 치며 울부짖었고, 그렇게 오해를 한 바가지나 뒤집어 쓴 채 절교를 선언하고 떠나버렸다.

오해….

완전 오해라고 할 수는 없겠지만, 그래도 표면적으로 풀잎 자신이 그 요정에게 호감을 표하거나 한 적은 한 번도 없었다. 그냥 자꾸 살랑살랑 바람을 일으키니 자연스레 앞 머리칼이나 귀밑머리가 하늘하늘 흔들렸을 뿐이었는데….

'오해라고 이 바보야!'

풀잎은 그게 아니라고, 자신은 사귀는 사람이 따로 있다고 거
짓말까지 보태 애타게 해명했지만 열 받은 정령은 아이처럼 발
을 구르며 주먹을 내보였을 뿐이었다.

"하아…."

그런 이유로 풀잎은 되게 우울했다.

봄바람은 살랑거리고…. 되는 일은 없고…. 마법은 더 배우고
싶지도 않고…. 어려서 떠나간 부모님이 푸른 하늘에 떠갔다.

"모르겠다…."

쓸쓸히 오이를 깎아 먹으며 그렇게 두둥실 떠가는 흰 구름만
바라보았다.

절대마법의 주재료는 '플릴'이라는 마법의 꽃이었다.

플릴은 백여 년에 한 번씩 피었고 그래서 절대마법에 도전
할 수 있는 기회는 한 세기에 한 번 뿐이었다.

그런데 며칠 전, 플릴 가문의 보물창고에 있던 그 씨앗이 때
가 되었다는 듯 싹을 틔워 꽃을 피웠다.

"허억…."

그윽한 분홍빛 향기에 할머니는 부랴부랴 귀한 부재료들을

구해 절대마법을 위한 마법 공정에 들어갔다.

가문의 비급인 절대마법을 완성시키기만 하면 고위급 마법사인 할머니는 최고위급으로 올라설 수 있고, 쇠락한 가문은 번영과 안녕 그리고 다시 명예로운 이름을 드높일 수 있는데….

"제발…."

그러기를 사흘 밤낮, 조마조마 손꼽아 기다리던 손녀 풀맆은 할머니의 긴급 호출을 받고서 치맛자락을 날리며 성의 복도를 내달렸다.

"성공했을까?"

응접실을 지나 할머니 방을 지나 복도 끝에 있는 마법연구실에 당도하자마자 문을 홱 열었다.

"할머니!"

연구실의 허공엔 형형색색 별들이 밤하늘의 별자리처럼 떠 있었다. 그리고 그 앞엔 플릴 가문의 주인이자 고위급 마법사인 할머니가 약간 멀뚱한 표정으로 돌아보고 있었다.

"어서 와…."

"성공했어요?"

"성공…."

플릴 가문은 마법계열의 가문이었다.

"한 줄 알았는데…."

"예…."

"절대마법이 마법의 재료를 하나 더 넣으래."

"하나 더요? 그게 뭔데요?"

풀잎의 물음에 할머니는 침을 꼴깍 삼킨 뒤 소리 낮춰 말했다.

"드래곤의 연심…."

들려온 생소한 단어에 풀잎은 눈을 깜빡거렸다.

"연…. 뭐라고요?"

"연심. 누군가를 사랑하는 애틋한 마음. 마법이 완성단계로 넘어가면서 마지막 재료로 그걸 넣으래."

풀잎은 벙한 얼굴이 되었다. 드래곤의 발톱이나 콧물이라면 마법의 암시장에서 어떻게 구할 수 있었다. 하지만 연심은….

"그걸 어떻게 구해요? 사랑하는 마음이라니? 설마 제가 선이라도 봐야 해요? 아니면 어떤 늙은 드래곤한테 저를 팔아넘기기라도 하려는 건 아니죠?"

할머니는 풋! 하고 웃음을 참았다.

"아이고, 귀하디귀한 우리 강아지를 누구한테 파니? 그냥 가서 얻어오면 되는 거지."

"얻어 와요? 누구한테요?"

"누구긴? 굴락 대왕 있잖아."

"……."

팔천 살도 넘은 아주 늙은 고룡이 있었다.

굴락, 이이굴락, 대왕 굴락이라 불리기도 하는 그는 마법력이 어마어마한 드래곤으로 거의 전설급인 존재였다. 그런데 그는 이제 삶의 끝자락에 다다라 오늘내일하고 있다는 풍문이 돌고 있었다.

"자, 이거 받아."

할머니는 차고 있던 목걸이를 벗어 풀립에게 건넸다.

"이거 보여드리면서 '풀립 가문에서 왔습니다' 하고 부탁을 하면 분명 들어주실 거야. 굴락하고 우리가 보통 인연이 아니잖니? 드래곤은 명분에 약하니까 거절하지 못할 거야."

할머니는 절대마법을 유지하고 있어야 하기에 자리를 뜰 수 없었다.

"그리고 연심이란 게 뭐 그리 특별한 게 아냐. 그냥 굴락이 사랑했던 누군가를 떠올리면서 그 심정을 별빛화시키기만 하면 돼. 죽기 전에 행복했던 시절을 잠깐 추억하는 거니까 뭐 굴락한테도 나쁠 거 하나 없지. 안 그래?"

끝이 뾰족한 보석 목걸이가 영롱하게 흔들렸다. 그 반짝거림 너머로 할머니가 속삭였다.

"우리 강아지, 할 수 있지?"

그 말인 즉 강아지가 이 목걸이를 들고 팔천 살도 넘은 드래곤을 찾아가 그의 옛 사랑이나 첫사랑의 심정이 듬뿍 담긴 연심의 별빛을 얻어 오라는 거였다.

'아…'

나름 철부지 소리를 들으며 살아온 스물두 살 강아지는 갑자기 속눈썹이 떨렸다. 하지만 쇠락한 가문을 일으켜 세울 마지막 희망을 저버릴 수 있을까.

"우리 강아지, 할 수 있어!"

주먹을 불끈 쥐어 보이는 할머니에 풀닢은 귓가에서 삐…. 소리가 나는 것만 같았다.

꿈과 희망

풀잎은 마법 가문의 계승자답게 고위급 수준의 마법사였지만 부끄럽게도 하늘을 날지 못했다.

당연히 비물질 마법계의 꽃이라 할 수 있는 공간이동은 엄두도 내지 못했고, 주로 검을 이용한 마법 공격과 방어에 치중되어 있었다.

"할 수 없지."

머나먼 아룬산까지 걸어갈 순 없고 엉덩이 아픈 말도 타기 싫어 풀잎은 비행화를 신기로 했다.

비행화를 신으면 보통 하늘을 새처럼 날 수 있지만 운용자의 마법력이 불안정한 탓에 풀잎은 지면에서 한 뼘 정도 뜬 상태로 날아갔다.

속도도 성인이 가볍게 뛰는 수준이었고 세 뼘 높이로만 올라가도 불안하게 흔들거렸다.

"아이고, 진작 비행마법이나 배워 둘 걸."

그렇게 바지 차림에 등에는 가방 하나, 왼 허리엔 여성용 검한 자루를 차고서 풀잎은 봄날의 숲길을 날았다.

"일단 닻별이에게 가자. 오해도 풀고 사과도 하고."

현실이 불안하고 막막할 땐 믿고 의지할 친구가 필요했다.

비록 절교하고 떠나버린 친구지만…. 바보 멍청이….

* * *

가출한 지 여드레째.

한은 행인들이 오가는 들길을 걸으며 다시 한번 굳은 다짐을 했다.

"이 하늘 아래 많고 많은 사람들 속에 실존적 존재로서 자기 부정과 자기 초월의 확대 재생산을 통해 자유로운 영혼의 고양 및 실존적 자기 정체성을 꼭 확보하고 말겠어. 기다려 봐봐. 내가 진짜…."

드래곤의 보물을 얻어 보란 듯이 집도 사고 땅도 사고 잃어버린 첫사랑도 꼭 다시 쟁취하고 말리라, 그 부푼 꿈과 희망을 파아란 하늘에 새겼다.

"쉬부르알."

힘내라는 듯 날리아의 웃는 모습이 떠갔다. 애달픈 심정이 그녀의 눈웃음을 따라 상글거리니 한은 그저 모든 게 다 잘될 것만 같았다.

* * *

언덕길의 나무 위에 까마귀 한 마리가 앉아 있었다. 까마귀는 특이하게 왼쪽 눈알이 푸른빛이었다.

'언제 올까? 아아, 설렌다. 얼른 왔으면 좋겠다.'

까마귀는 오랜 시간 회춘마법을 연구 중이었다. 그리고 얼마 전 완성단계에 다다른 회춘마법은 마지막 재료로서 꿈과 희망이 가득하고 영혼의 무늬도 딱 맞아떨어지는 젊은 심장을 요구했다.

이에 까마귀는 이계의 용한 예언자에게 금은보화를 갖다 바치고 그 영혼의 심장이 오늘 이곳을 지나간다는 예언을 얻은 바, 새벽부터 그 심장이 나타나기를 애타게 기다리는 중이었다.

'어서 와라. 어서 다시 젊어져서 새로운 인생을 살고 싶다. 어서.'

그때 저 멀리 언덕길을 올라오는 한 사내가 보였다. 까마귀는 그를 마법의 시선으로 응시했다. 그러다 갑자기 흠칫하며 날개를 폈다.

'왔다!'

운명적인 순간, 예언대로 그 영혼의 심장이 모습을 나타낸 것이었다.

'어서 오너라!'

까마귀는 즉시 날개를 치며 날아가 늙은 마법사로 화해 길에 내려섰다. 싱숭생숭 걸어오던 한은 깜짝 놀라 후다닥 물러섰다.

'뭐, 뭐야!'

늙은 마법사는 환한 얼굴로 손을 내밀었다.

"미안해. 놀라게 해서. 하지만 우리는 꼭 만나게 될 운명이었어. 왜냐면 넌 내게 새로운 삶을 안겨 줄 선물 같은 존재거든."

노인의 왼쪽 눈이 파랗게 소용돌이쳤다. 한은 당황하며 한 걸음 더 물러났다. 선물 같은 존재라니, 강도일까.

"무, 무슨 말씀이신지. 저는 가진 게 아무것도 없어요. 거지나 마찬가지예요. 진짜예요."

한은 침을 꼴깍 삼키며 조금 더 물러섰고 늙은 마법사는 다정히 미소 지으며 따라왔다.

"아니야. 넌 가지고 있어. 내게 꼭 필요한 꿈과 희망을."

동시에 그의 왼쪽 눈에서 십여 가닥 푸른 기운이 화수수 뿜어 나와 한을 포위했다.

'허억…'

한은 그대로 굳어버렸다. 푸른 칼날만 같은 기운들은 한의 주위를 하느작거리며 반짝였다. 이내 노인의 표정이 흡족해지며 그 모든 게 휙 사라졌다.

"정확해. 틀림없어. 후후."

한은 멍한 얼굴로 물었다.

"뭐가요?"

"으응, 너한테 있는 나한테 꼬옥 필요한 거."

"그게 뭔데요?"

"으응, 심장. 너의 심장을 내가 가져가야 해."

한은 자신의 귀를 의심했다.

"지금… 뭐라고 하셨어요? 설마 제 가슴 속에 있는 걸 달라고…"

"응, 회춘하면 더 이상 나쁜 짓 안 하고 착하게 잘 살게. 고마워. 다 네 덕분이야."

"……."

"비록 너의 삶은 오늘 이곳에서 끝나겠지만, 대신 내가 더 오래오래 행복하게 잘 살 테니까 너무 아쉬워하지 마. 알았지?"

한의 조용히 입을 벌렸다. 눈빛이 흔들렸다.

대체 무슨 말을 들은 걸까.

심장을….

가슴이 텅 비어….

여기서 죽게 된다는….

'아….'

별 볼일 없는 소작농의 장남으로 태어나….

소중히 키워온 첫사랑도 잃고….

드래곤의 보물을 얻어 금의환향할까 했는데, 집에 돌아가지도 못하고, 이 낯선 곳에서 고동 소리마저 잃고 차가운 시신이 될 운명이라니….

'말도 안 돼….'

한은 창백해지며 천천히 도리질을 했다. 늙은 마법사는 왼쪽 눈에서 다시 푸른 기운이 돌아나며 한 걸음씩 다가왔다.

"평생 잊지 않을게. 자, 이리 와. 안 아프게 얼른 빼갈게."

"마, 말도…."

그때였다.

설레던 늙은 마법사의 표정이 머뭇하는가 싶더니 한의 뒤쪽을 응시했다. 누군가가 오는 모양이었다.

한이 돌아보니 웬 젊은 여자가 허리에 검을 찬 채 지면에서 한 뼘 정도 떠서 날아오고 있었다.

'어….'

풀잎은 저만치 앞쪽을 모호한 표정으로 바라봤다.

한 남자가 이쪽을 엉거주춤 돌아보고 있고 그 앞에 한 노인이 서 있는데, 노인의 모습이 좀 괴이했다.

'뭐지?'

풀잎은 점점 가까워져 오는 두 모습을 살폈다. 젊은 남자는 겁먹은 얼굴이었고, 마법사로 보이는 노인은 왼쪽 눈에서 돋아난 푸른 기운들이 촉수처럼 나울거리고 있었다.

'뭐야…'

한눈에도 심상치 않은 상황, 풀잎은 잠깐 고민하다 그냥 조용히 지나가기로 했다. 괜한 일에 관심을 보이기엔 자신의 코가 석 자였다.

'그래…'

그렇게 모른 척 지나가려 했는데 무슨 까닭인지 자신도 모르게 주춤 서버렸다.

'가자고.'

서둘러 마음을 붙들고 다시 허공을 나아가려는 그때였다. 겁먹은 남자가 후다닥 뛰어 풀잎의 뒤로 숨었다. 그리고 울음을 터트릴 듯 소리쳤다.

"살려주세요! 저 인간이 지금 제 심장을 탈취하려고 해요! 제발요! 제가 드래곤의 보물을 얻어 고향으로 돌아가야 하는데 이런 길바닥에서 가슴이 뻥 뚫려 죽을 수는 없어요! 제발 부탁이에요! 제발!"

눈 깜짝할 새에 상황을 설명하고 구명까지 청하는 남자…. 풀
잎은 눈물을 글썽이는 그와 늙은 마법사를 번갈아보았다.

이에 마법사가 나울거리던 푸른 기운을 도로 쏙 집어넣고 웃
음 띤 목소리로 말했다.

"그냥 가지 그래?"

풀잎은 대답 대신 자신의 뒤에 숨은 남자를 흘끔 보았다.

늙은 마법사는 풀잎의 비행화를 보고 코웃음을 쳤다. 비행
마법을 하지 못하고 저런 것에 의지하고 있는 걸 보면 잘 해야
중급 정도 되는 실력.

마음만 먹으면 간단히 발모가지를 돌려 버리고 자근자근 밟
아줄 수도 있지만, 앞으로 회춘을 하면 착하게 살기로 마음먹
은 터라 괜한 비명 소리는 피하고 싶었다.

"다시 말하지만 그냥 가던 길 가. 괜한 일에 관심 보이지 말
고. 쓸데없는 오지랖이 인생을 망치는 법이야."

"……."

풀잎은 남자를 다시 한번 돌아본 후 조용히 입을 닫았다. 맞
는 말이었다. 갈 길 멀고 마음 바쁜 자신은 이러고 있을 시간
이 없었다.

'가자.'

조용히 몸을 돌리려는 그때 뒤에서 풀썩 주저앉는 소리가 들
렸다. 그래도 그냥 가버리려던 풀잎은 재차 주춤하며 뒤를 돌

아보았다.

남자가 손끝으로 자신의 바지 끝단을 붙잡고 있었다. 그리고 비참하게 쳐다보는 그 얼굴에 방울방울 눈물이 구르고 있었다.

"……."

그냥 가버리려 했는데, 아무 상관도 없는데, 왜 그 눈물이 그렇게 바보 같아 보였을까.

'젠장…'

무덤덤한 성격이지만 한번 감정이 삐끗하면 확실하게 마침표를 찍어야 하는 풀잎은 늙은 마법사를 향해 시선을 던졌다.

"아무래도 그냥 가버릴 수는 없을 것 같은데. 근데 왜 이 남자의 심장을 원하는 거죠? 이 남자가 그럴 만한 죄를 지었거나 아니면 원한의 상대이거나 하나요?"

뒤에서 남자가 들릴 듯 말 듯 중얼거렸다. 절대 아니라고 자신은 태어나 콩알 하나 훔친 적 없고 다른 누구와 원한을 가진 적도 절대 없다고, 떨리는 목소리로 여전히 붙잡고 있는 바지 자락을 흔들었다.

"아니라는데요?"

풀잎의 말에 늙은 마법사는 헛웃음을 날렸다. 그리고 재미있다는 듯 스스로 실상을 이야기했다.

"내가 말이지. 군이 이런 설명을 할 필요는 없지만 그래도 오늘은 특별한 날이니까 군이 말해 줄게. 내가 오랜 시간 연구하고 있는 회춘마법이란 게 있어. 거의 완성이 됐지. 그런데 저 친구의 심장이 그 마법의 최종 완성을 위한 마지막 재료라고 판명이 된 거야. 응?"

"……."

"한마디로 저 친구하고 나는 이제 운명적인 사이가 됐다 이말이지. 무슨 말인지 알겠지? 자자, 괜히 남의 회춘 방해하지 말고 어서 갈 길이나 가. 나도 오늘이 인생의 가장 뜻깊은 날이라 괜히 마음 아픈 일은 만들고 싶지 않아. 자, 얼른."

풀잎은 그제야 어떻게 된 상황인지 이해가 됐다. 절대마법의 마지막 재료로 드래곤의 연심을 구하는 자신처럼 눈앞의 마법사도 비슷한 상황인가 보았다.

하지만 연심은 그냥 마음의 한 조각일 뿐이지만 심장이 없으면 이 남자는 어쩐란 말인가.

풀잎은 마뜩찮은 눈빛으로 답했다.

"이것 보세요. 그건 아니죠. 자신이 젊어지겠다고 다른 이의 심장을 가져가겠다니, 그럼 이 남자는 그냥 텅 빈 가슴으로 죽으라는 말이에요?"

"그럼 난? 난 그냥 늙어 죽으라고?"

"그건 그쪽의 삶이죠. 자연의 순리를 따르든가 아니면 본인 걸 재활용하든가 해서 다른 방도를 찾아야지, 괜한 다른 사람의 심장을 뽑겠다니 미친 거 아니에요?"

풀잎의 당당한 언사에 한은 갑자기 심장이 쿵쿵 소리를 냈다. 마치 자신을 구원해주기 위해 하늘에서 내려온 위대하고도 성스러운 신의 대리인처럼 보였다.

하지만 늙은 마법사는 풀잎의 그 꼬락서니가 어처구니없는 모양이었다.

"허허, 이거 말귀를 못 알아먹네. 내가 이래서 젊은 것들이랑 말을 섞기가 싫다니까. 대가리에 대체 뭐가…. 어떡할래? 그냥 갈래 아니면 여기서 죽을래?"

전형적인 악당의 말투에 풀잎은 당당히 검을 뽑았다.

"그쪽이야말로 안 되겠네요. 말귀를 못 알아먹으면."

날렵한 여성용 검이 햇빛에 반짝였다.

한은 천천히 엉덩이를 움직여 뒤로 물러났다.

늙은 마법사는 코웃음을 치는가 싶더니 급 분노했다.

"내가 누군지 아느냐! 내가 바로 한때 세상을 두려움에 떨게 했던 바로 그 멸살마법사다!"

풀잎은 주춤했다. 그 이름은 밭 갈고 김매던 한조차도 몇 번 들어본 적 있는 꽤 유명한 이름이었다.

'멸살…'

그는 고위급 수준의 마법사로 악명이 높았다. 각종 분쟁과 전쟁에 돈을 받고 참여해 고문을 일삼았고, 또 여러 질 나쁜 범죄에 관련돼 도망 다닌다는 풍문이 있었는데 어떻게 안 잡히고 숨어 살았나 보았다.

"어리석도다! 그냥 가라고 할 때 가고, 주라고 할 때 줬어야지! 본좌의 이름을 들은 이상 너희 년놈들의 삶은 여기가 끝이로구나!"

동시에 멸살마법사의 왼쪽 눈에서 십여 가닥 푸른 기운이 뿜어 나 풀잎을 향해 쇄도했다.

풀잎은 당황하는 기색 없이 왼손을 쫙 폈다. 그러자 섬광 같은 다섯 빛줄기가 솟아나 그 기운들을 와락 붙잡아 버렸다. 옆으로 홱 당기자 노인의 왼 눈알이 무처럼 뽑힐 듯 튀어나왔다.

"허억!"

멸살마법사는 즉각 손날로 자신의 안광을 끊었다.

탱강!

날려 오는 기운들을 풀잎은 옆으로 휙 던져버렸다. 널브러지는 그것들은 마치 푸른 뱀처럼 꿈틀거리다 안개처럼 흩어졌다.

멸살마법사는 튀어나온 왼눈을 안으로 밀어 넣은 후 다시 밀려나오는 눈알 가득 분노했다.

"이런 버러지 같은!"

"버러지?"

한때 마법계에 강력한 존재로 군림했던 플릴 가문이었다. 비록 지금은 쇠락할 대로 쇠락했지만 그 위명의 계승자인 풀잎은 어이없다는 듯 웃었다.

"지금 그 말 감당할 수 있지?"

"감당? 네 년이야말로 그 오지랖을 목숨으로 대신해야 할 것이다!"

열 받은 멸살마법사는 왼손을 쫙 내밀었다.

"가만두지 않겠다!"

그러자 그의 손 위로 붉은 용암이 무럭무럭 떠올랐다. 한은 입을 떡 벌리며 기겁을 했다. 반면 풀잎은 자세를 낮추는가 싶더니 그대로 쾌검을 휘둘러 짙푸른 섬광을 날렸다.

번쩍!

동시에 쏴아아 하는 소리와 함께 안개가 피어올랐다. 바람이 수증기를 밀어내자 멸살마법사 앞으로 식어버린 용암 덩이가 쿵! 하고 떨어졌다.

빛나는 검신 위로 풀잎의 표정이 차분했다.

"버러지? 누가?"

멸살마법사는 튀어나온 왼눈을 끔뻑거리는가 싶더니 곧 당황하듯 웃었다.

"그 그래, 이제 보니 보통내기가 아니었구나. 하지만 나한테는 어림없다. 이 멸살마법사에겐 어림없어!"

소리를 지르며 그는 마법력을 끌어올렸다. 그러자 오른손 자체가 주욱 길어져 열푸른 검으로 화했다.

"내 삶의 혼이 담긴 멸살의 검! 후회해도 이미 늦었다!"

후회는커녕 풀잎은 자신의 검을 하늘 높이 쳐들었다. 그 검신으로 붉고 푸른 벼락이 휩싸들었고, 순간 멸살마법사를 향해 돌진했다.

노인은 흠칫하며 멸살검을 휘둘렀지만 풀잎의 쾌검은 그를 천둥처럼 몰아붙였다. 현란한 잔상 위로 불꽃이 튀고 벼락 줄기가 날아갔다.

멸살마법사는 열푸른 검으로 화한 자신의 오른팔이 얼음처럼 깨져나가자 경악했다.

"으허억!"

빛나는 소낙비를 닮은 풀잎의 검광.

멸살마법사는 빛 빗속을 뛰어다니는 한 마리 추레한 짐승일까. 그 악독한 발톱과 이빨을 뚫고 풀잎의 검신이 강렬한 벼락 줄기처럼 뻗어나가 그의 가슴 한복판에 들이박혔다.

푹…!

조각조각 빛의 파편이 날아갔다. 경직된 노인의 얼굴이 반격을 가하려 멸살검을 들어 올렸으나 그의 오른팔은 이미 마법력을 잃어 푸른 가루눈처럼 흩어지고 있었다.

'어억!'

두려움에 흔들리는 노인의 시선이 자신의 가슴에 박힌 검을 내려다보았다. 그리고 냇물의 수면처럼 너울지는 낯빛으로 상대를 바라봤다.

"누구냐…. 어떻게…. 이 멸살검을…."

풀맆은 냉정한 표정으로 답했다.

"풀맆. 플릴 가문의 계승자."

노인의 표정 위로 한 줄기 탄식이 지나갔다.

"이런…. 그토록 바라던 회춘이 코앞인데…. 왜 하필…."

"당신 같은 존재는 회춘해봤자 세상에 해만 끼칠 거야. 그러니 이대로 사라지는 게 나아."

"잠깐, 내가 숨겨 놓은 보물이…."

풀맆은 두 말 없이 종결 마법을 발했다. 그러자 멸살마법사의 모습이 그대로 석화되어 버렸다. 길가에 주저앉아 그 모든 광경을 지켜본 한은 입을 벌린 채 숨도 쉬지 못했다.

풀맆은 검을 휙 뺐다. 가슴에 검 자국이 난 석상은 이내 쩍쩍 갈라져 우르르 돌무더기로 쏟아졌다.

한의 입가로 침이 흘러내렸다.

풀맆은 검에 묻은 돌가루를 닦은 뒤 집속에 넣었다. 남자를 돌아봤다. 침이 주르르 흘러내리는지도 모르는 얼빠진 얼굴이 가련했다.

"정신 차려요."

그 말을 남기고 풀맆은 걸음을 옮겼다.

한은 널브러진 돌무더기와 멀어지는 풀맆을 번갈아보다 갑자기 벌떡 일어나 울먹이며 풀맆을 쫓아갔다. 가슴이 터질 듯 쿵쾅거렸다.

"저기요! 저기요!"

눈물이 햇살처럼 튀어나갔다.

"고맙습니다! 감사합니다! 진짜 이 은혜를 어떻게 갚아야 할지!…."

"안 갚아도 돼요."

"흐윽! 아닙니다. 마법사님이 아니었으면 제 심장은 속절없이 뽑혀나갔고 저는 구멍 난 가슴으로 집에도 돌아가지 못한 채…. 흐으윽!…. 감사합니다. 저의 목숨을 구해주셨어요. 제 꿈과 희망을 살려 주셨어요. 정말 이 엄청난 은혜를 어찌…."

"안 갚아도 된다고요."

"흐으윽!"

한은 뜨거운 눈물을 뿌리며 생명의 은인을 향해 연신 머리를 꾸벅거렸다.

풀잎은 그냥 담담히 한숨을 쉬었다.

"좀 떨어져요. 눈물 날아와요."

"아, 네. 제가 지금 가슴이 너무 벅차서…. 흐윽…. 하마터면…. 가슴은 텅 비어 버리고…. 집에도 못 가고…. 흐으윽!"

"얼른 집에 가요."

"허으윽…."

그렇게 멀어지는 남녀의 모습 뒤로 회춘을 꿈꾸던 한 늙은 마법사의 얼굴이 데구르 굴렀다. 바람이 불자 그의 왼쪽 눈에 박혀있던 푸른 보석이 빛바랜 가루처럼 흩어졌다.

* * *

풀잎은 덤덤한 표정으로 걷고 있었지만 사실은 가슴이 들썩들썩 진정치 못했다.

멸살마법사…

그의 가슴에 검을 꽂아 넣었을 때 느낀 손 안의 압박감이 손가락 마디에 전율처럼 흐르고 있었다. 돌무더기로 쏟아지던 그 모습도 문득문득 파도치듯 지나갔다.

'쳇…'

반면 한은 눈물 젖은 눈으로 그런 풀잎을 흘끔거리다 다시 한번 감사를 표했다.

"진짜 이 고마움을 어떻게 표현해야 할지 모르겠습니다."

"표현하지 마세요."

"아닙니다. 이 꿈만 같은 은혜는 정말 제 심장 속에 새기겠습니다. 그리고 무슨 일이 있더라도 꼭 갚겠습니다. 일단 어떻게 가방이라도 들어드릴 수 있는데…"

손을 내미는 바보 같은 모습에 풀잎은 스르르 걸음을 세웠다. 생각해보니 이 남자가 아까 자신에게 구해달라고 하면서 드래곤의 보물 어쩌고저쩌고 했던 것 같은데….

'설마 아룬산으로 가나?'

불안정하던 가슴이 빠르게 가라앉는 걸 느끼며 풀잎은 바보 같은 남자를 마주했다. 괜찮은 생각 하나가 떠올랐다.

"뭐하는 사람이에요?"

"네? 아, 저는…. 저기…. 그러니까 감히 제 소개를 말씀 드리자면…. 제가 나름 시골에서 철학을 공부하는 이름 없는 학자입니다만, 지금은 그저 유유자적 세상을 여행하는 나그네라 할 수 있습니다."

"어디로 가는데요?"

"아…. 뭐, 구름 따라 이곳저곳을 여행하다 보니 저 멀리 아룬산의 굴락 대왕께서 오늘내일하신다는 소식을 들었지요. 안타까운 마음에 일단 그리로 가고 있던 참입니다."

풀잎은 속으로 픽 웃었다. 굴락이 빈털터리였으면 그런 안타까움이 생겨났을까. 보나마나 어떻게 보물 한 줌을 얻어 볼까 하고 뛰쳐나온 하룻강아지 같은데, 다만 생긴 게 좀 그럭저럭 괜찮았다.

'흠….'

풀잎은 팔짱을 끼고 방금 전 떠오른 괜찮은 생각을 다시 한

번 살펴봤다. 잘만 하면 이 남자를 이용해 바보 같은 정령의 오해를 풀 수도 있을 것 같았다.

"잘 됐네요. 마침 행선지가 같아요. 저도 아룬산으로 가요."

"헉! 정말입니까?"

"네, 저도 저만의 안타까움으로 굴락 대왕님을 뵈어야 하거든요. 이제 보니 그쪽이 제 바지 자락을 잡은 게 우연적 필연이었네요."

풀잎은 살짝 미소도 지었다.

"같은 방향이니 동행하죠."

뜻밖의 제안에 한은 입이 함지박만 해졌다. 눈물마저 글썽거렸다.

"오오, 세상에…. 오오, 이런 영광스러운 인연이…. 오오오!"

하마터면 죽다 살아난 것도 기적적인데 목숨을 구해준 이 은혜롭고도 강력한 존재가 아룬산까지 함께 가주겠다니, 한은 만만세를 부르고 싶었지만 철학자의 체통을 생각해 울먹이는 미소로 답했다.

"감사합니다. 지금 이 심정을 굳이 표현하자면 다시 태어난 존재의 광휘와 초월적 미지를 향한 기쁨이라 할까요."

"다분히 철학적이시네요."

"네…."

밭 갈며 아버지의 어깨너머로 배운 철학적 소양이 푸른 하늘 가득히 넘실거렸다.

둘은 숲길의 약수터에서 시원한 물을 나눠 마시며 통성명을 했다. 그런 후 동일해진 목표를 향해 나아가려 했지만 현실적인 어려움이 있었다.

바로 풀잎은 날아가고 한은 두 발로 뛰어야 한다는 것.

"괜찮습니다. 마법사님 옆에서 꿈과 희망을 안고 열심히 뛰겠습니다.

"하루 종일 뛸 수 있어요?"

"아니요."

하여 풀잎은 한의 다리에 한시적인 뜀박질 마법을 걸어주었다. 다리가 깃털처럼 가벼워지는 걸 느끼며 한은 눈을 동그랗게 떴다.

"우와…. 몸이 둥둥…."

"가요."

풀잎은 비행마법에 발동을 걸고 다시 한 뼘 높이로 떠올랐다. 허공을 미끄러지듯 날아가는 그녀의 모습에 한도 곧바로 뜀박질을 했는데, 땅을 한 번 박찰 때마다 몸이 대여섯 걸음을 훌쩍 후울쩍 날아가자 놀라 두 팔을 휘저었다.

'우와! 우와! 어우야!'

마치 몸이 풍선처럼 토옹토옹 날아가는 느낌….

꿈이라도 꾸는가….

텅 빈 가슴으로 땅에 쓰러졌을 운명이 누군가의 바지 자락을 붙잡고 이렇게 되살아나 다시 생생한 삶을 나아가고 있었다.

'오오, 날리아!'

풀잎 역시 어머니의 유품인 비행화에 점점 익숙해지며 속도가 빨라지니 둘은 금세 언덕을 넘고 들을 지나 산 하나를 후울쩍 넘어갔다.

* * *

살다보면 오해도 풀고 혹 자신이 잘못한 게 있으면 미안하다고 사과도 하고 싶은데 그럴 기회가 없어 영영 멀어져 버리는 경우가 있었다.

'바보 같은 닻별이…'

다행히 드래곤의 연심이라는 버거운 짐은 자존심을 내려놓고 찾아가도 될 충분한 이유가 되었고, 더해서 지금 옆에 있는 남자는 오해 해소를 위한 그럴 듯한 주춧돌이 되어줄 테니 부디 이야기가 잘 돼 바보 같은 정령의 마음이 풀리기를 희망했다.

'지금도 잔뜩 화가 나 있을까? 설마 보자마자 방방 뛰는 건 아니겠지?'

풀잎은 괜히 조마조마해지는 마음으로 심호흡을 했다.

한도 왠지 불안해지는 심경으로 자꾸 뒤를 돌아보았다.

'어디로 가는 거지?'

굴락 대왕이 있는 아룬산으로 가려면 산을 내려가 마을로 향해야 하는데 풀잎은 무슨 까닭인지 방향을 틀어 계속 더 깊은 산속으로 날아가고 있었다.

"저기, 풀잎 마법사님. 한 가지 여쭙고 싶은 건 다름이 아니오라, 표지판에 따르면 아룬산으로 가는 방향은 이쪽이 아니라 저 아래쪽인 듯싶은 불길한 예감이…."

"친구 만나러 가고 있어요. 같이 가자고 하려고요."

"아아, 친구우. 남자 친구요?"

"여자 친구요."

잠시 후 풀잎은 비행을 멈추고 땅에 내려섰다. 주위의 숲을 돌아보며 몇 걸음 걷더니 곧 어딘가를 가리켰다.

"저기다. 오랜만이라 헷갈렸네."

한은 풀잎이 가리킨 곳을 봤지만 그곳은 길도 나 있지 않은 우거진 수풀뿐이었다.

"아무것도 없는데요?"

"아무것도 없긴 한데 대신 보이지 않는 문이 있어요."

"문이요?"

"네."

풀잎은 왼손을 내밀어 조심히 손가락을 튕겼다. 별빛 하나를 포물선을 그리며 날아갔다.

'지지배, 설마 열쇠를 바꾼 건 아니겠지?'

다행히 별빛은 수풀 위로 반짝반짝 흩어졌고 그러자 안개가 걷히듯 낡은 나무문이 나타났다. 한의 눈이 동그래졌다.

"우와…"

마법의 결계에 가려져 있는 정령의 숲은 이 문을 통하지 않고서는 들어갈 수가 없었다.

"근데, 한."

통성명을 한 후 처음으로 풀잎이 한의 이름을 불렀다. 한은 가슴의 찌릿함을 느끼며 차렷 자세를 잡았다.

"넵."

"실례지만 부탁을 좀 할 게 있는데."

"영광입니다!"

풀잎의 부탁은 지금 만나러가는 정령 앞에서 잠시 자신의 애인인 것처럼 행동해 달라는 거였다. 최근에 만난 게 아닌 작년 봄부터 사귀기 시작했다는 식으로 맞장구를 쳐달라는….

"아…"

영광을 넘어서 황송한 부탁에 한은 수줍은 웃음을 보일랑 말랑했다. 이에 풀잎은 허리에 양손을 얹으며 채권자 같은 표정을 했다.

"뭐, 제 입으로 이런 말 하긴 그렇지만 제가 한의 가슴을 다시 뛰게 해줬으니 이 정도 부탁은 해도 되지 않겠어요?"

"기쁨입니다! 얼마든지! 제 심장이 뛰는 한 끝없이 연기해 드릴 수도 있습니다! 믿고 맡겨 주십시오!"

"끝없이는 필요 없고. 아무튼 고마워요. 자, 가요"

풀잎은 곧장 나무문을 열고 들어갔다. 그 모습에 한은 주춤했다. 갑작스러운 애인 행세는 그렇다 치고 대략적인 상황 설명이 있을 줄 알았는데 바로 들어가 버린 것이었다.

'대충 입이라도 맞추고 그래야 하는 건 아닌가?'

한은 침을 꼴깍 삼키고 얼른 뒤를 따랐다. 그렇게 들어간 문 안엔 놀랍게도 가을 숲이 펼쳐져 있었다.

'허억…'

돌아본 세상은 온통 붉고 노랗게 물든 늦가을의 어느 날… 환상일까 싶었지만 공기는 투명하도록 차가웠고 텅 빈 듯 메마른 숲의 내음은 저절로 어깨 위로 소름을 불러 일으켰다.

'와…'

하지만 풀잎은 시큰둥하게 걸음을 옮겼다.

"청승맞게 무슨 가을이야. 하여튼 기집애…"

한은 이게 꿈인가 생시인가 하며 그 뒤를 따랐다. 발밑에서 바스러지는 낙엽과 하늘하늘 떨어지는 붉노란 잎사귀들에 정신이 그처럼 물들 것만 같았다.

'우와아…'

그렇게 입을 벌린 채 따라간 가을 숲의 어딘가에서 풀잎이 걸음을 멈췄다. 그녀의 표정이 긴장한 듯 살짝 새초롬했다.

"흠…."

한은 여긴가? 하는 표정으로 주위를 두리번거렸다.

그때 풀잎이 누군가를 향해 말을 건넸다.

"오랜만이야."

한은 풀잎이 보는 곳을 응시했고 곧 메마른 가시나무의 가시 위에 떠 있는 손가락만 한 정령을 발견했다. 푸르스름하게 빛나는 정령은 팔짱을 낀 채 시쁘둥한 얼굴이었다.

"여긴 뭐 하러 왔어?"

전혀 호의적이지 않은 정령의 물음에 풀잎은 애써 다감한 목소리로 답했다.

"당연히 닻별이 너 만나러 왔지. 근데 웬 가을이야? 철없이."

"흥! 내 마음이 가을처럼 황량해서 그렇다. 잘난 누구한테 사랑하는 이 빼앗기고 내 마음이 온통 낙엽처럼 우수수 떨어지고 있어서 내 세상도 이렇게 쓸쓸한 가을빛일 수밖에. 이런 내 마음을 그 잘난 누구는 아주 잘 알겠지?"

"제발…. 제발 그러지마. 오해라고 했잖아."

"오해?"

"솔페가 떠난 건 나하고 아무 상관이 없다고."

"아무 상관이 없어? 오오 세상에, 어쩜 저렇게 뻔뻔하기도 하서라. 오해라고요? 지금 오해라고 하셨어요?"

두 눈을 번뜩이는 손가락만 한 정령에 주위의 나무들이 우스스 몸을 떨었다.

풀잎은 머리 위에 쌓이는 낙엽들을 치운 후 사정하듯 말했다.

"정말이야. 나하고 송폐는 아무 관계도 아니야. 그리고 그때 내가 말했다시피 나 사귀는 사람이 있었어. 물론 그때는 만난 지 얼마 안 돼서 적극적으로 해명하기가 좀 그랬었는데, 아무튼 좋아하는 사람이 따로 있는데 내가 왜 송폐한테 눈길을 주겠어. 한, 뭐라고 말 좀 해줘요. 우리 사이에 대해서."

한이 은혜를 갚겠다고 했을 때 떠오른 괜찮은 생각이 바로 이거였다. 물론 이제 와 닻별이 믿지 않을 가능성도 상당하지만 중요한 건 성의였다.

이렇게 애인이라고 데려와 해명을 하면서 아무튼 미안하다고, 드래곤의 연심을 구하러 가는데 같이 가자고 부탁을 하면 어찌어찌 닻별이 못 이기는 척하며 마음을 풀어줄 수도 있을 것 같았다.

그런 기대감을 한몸에 받은 한은 눈앞의 상황이 어떻게 된 건지 또 풀잎이 바라는 바가 뭔지 금세 파악했다. 즉각 푸근한 미소를 떠올리며 정령을 향해 인사를 했다.

"안녕하세요. 처음 뵙겠습니다. 말씀 많이 들었어요. 아… 제가 저의 이런 애틋한 감정을 군이 이렇게 밝혀야 하는 게 조금 쑥스럽기도 하지만, 그래도 두 분 사이의 어떤 작은 오해를 풀 수 있다면 감히 기쁜 마음으로 저의 행복한 추억들을 말씀드릴까 합니다."

예상치 못한 그럴 듯한 표현과 연기력에 풀잎은 눈을 반짝 떴다.

닻별 또한 주춤하는 표정으로 한과 풀잎을 번갈아보더니 갑자기 훌쩍 땅으로 내려섰다. 동시에 풀잎과 같은 크기로 커졌다.

한은 눈이 동그래졌고 닻별은 성큼성큼 다가와 허리에 양손을 얹었다.

"애인이라고? 둘이 사귄다고?"

"그, 그래. 내가 그때 한이랑 서로 조금씩 알아가던 차여서 어디 딴 데다 한눈을 팔고 그럴 틈이 전혀 없었어. 정말이야. 진짜야."

풀잎의 말에 한은 보란 듯 애틋한 미소를 지었다. 닻별은 그런 한을 물끄러미 보더니 말을 건넸다.

"정말 풀잎이 애인이라고요?"

"네, 서로 많이 좋아하고 있습니다. 이런 말을 해도 되는지 모르겠지만 며칠 전에도 물레방앗간에서 둘만의 꿈같은 시간을 보냈지요. 그때의 제 심장 고동 소리는 축제의 환호성 위로 날아오르는 수많은 폭죽 같았다고 할까요. 언제나 그렇지만 진정

한 사랑을 느낀 순간이었습니다. 아무렴요."

풀잎은 물레방앗간이란 말에 약간 모호한 미소를 머금었다.

닻별은 미심쩍으면서도 살짝 솔깃해지는 표정으로 다시 한에게 물었다.

"진짜 애인 사이라고요?"

"미래를 약속한 사이입니다. 서로의 연심이 빚어낼 그 행복한 내일을 꿈꾸며 이렇게 당당히 친구 분 앞에 선 것이고요. 수줍게 설레는 제 가슴을 만져보라 할 순 없지만 부디 오해가 풀리시길 푸른 하늘처럼 희망합니다."

맞장구치듯 풀잎이 어색하게 웃어보였다.

"그, 그래, 이제 그만 오해도 풀고 다시 예전처럼 친하게 지내자. 응?"

닻별은 가을 숲에서 봄꽃처럼 웃고 있는 남녀를 바라보았다. 자신은 혼자가 됐는데 풀잎은 원래 둘이었다니 왠지 심사가 더 뒤틀리는 기분이 들었다. 그 심사를 한에게로 던졌다.

"정말 둘이 그렇고 그런 사이라면 내가 하나 물어볼게요."

"네."

"풀잎이 속옷 색깔 뭐예요?"

"……?"

"며칠 전에도 물레방앗간에서 심장 터지도록 행복한 시간을 보냈다면서요?"

"아…. 네, 그렇죠."

"조신하고 지조 있는 풀잎이는 한 가지 색깔밖에 안 입거든요. 말해 봐요. 풀잎이 속옷 색깔 뭐예요? 풀잎이 넌 조용히 해. 내가 이미 차단시켜놨으니까."

풀잎은 속으로 당황했다. 혹 닻별이 뭘 물어보거나 하면 마법력으로 한에게 생각을 전달하려 했는데 닻별이 어느새 차단 마법을 쳐버린 모양이었다.

'이런…'

낭패감에 풀잎은 입술을 살짝 깨물었다.

한은 그런 풀잎을 흘끔 보고는 침을 꼴깍 삼켰다.

'속옷?'

날리아는 개나리 색깔을 좋아해 주로 노란 빤스를 입었다. 그처럼 풀잎도 어느 한 가지 색깔을 좋아하는 모양이었다.

"왜 말이 없어요? 이미 그렇고 그런 사이면 한두 번 벗겨봤을 리 없잖아요. 어서 말해 봐요. 풀잎이 속옷 색깔이 뭐예요?"

풀잎은 눈가가 붉어졌고 한은 에라 모르겠다고 찍었다.

"부, 분홍이요."

"……"

풀잎은 속으로 흠칫하며 한을 돌아봤다. 그런 느낌으로 닻별도 주춤했다. 한은 찍었는데 맞았나 보다고 속으로 박수를 치며 방긋 웃었다.

"사랑하는 사이에 어떻게 모를 리가 있겠습니까? 한두 번…. 아무튼 제가 길가의 분홍 꽃만 보면 가슴이 설레는 이유가 다 그 때문이죠. 이제 오해가 풀리셨습니까?"

"아니요."

"네?"

"하나 더 물어볼게요. 풀잎이 오른쪽 엉덩이에 뭐가 있죠? 속옷 색깔을 알고 있으니 당연히 그것도 알고 있겠죠? 말해 봐요. 풀잎이 오른쪽 엉덩이에 뭐가 있어요?"

한은 풀잎을 돌아보려 했으나 닻별이 시험관처럼 눈을 부릅뜨자 꼼짝도 못했다.

풀잎은 눈빛이 흔들리며 입술만 달싹거렸다.

'이런 젠장….'

그 사이 점일까 흉터일까 잠깐 고민한 한은 또 에라 모르겠다고 답을 찍었다.

"점이요."

"점 같은 소리하고 자빠졌네!"

신비한 정령이 갑자기 막말을 했다.

"풀잎이는 어렸을 때 마법의 지팡이를 가지고 놀다가 번갯불이 튀는 바람에 오른쪽 엉덩이에 희끗희끗한 번갯불 자국이 있어요! 근데 점? 점! 어디 딴 여자하고 물레방앗간에 갔나 보네! 웅! 이게 어디서 또 거짓부렁으로 날 엿 먹이려는 거야, 지금!"

정령이 풀잎을 향해 삿대질을 하며 소리를 지르자 주위의 나무들이 화스스 몸을 떨었다.

애인 시험에 떨어진 한은 놀라 어깨를 웅송그렸고, 풀잎은 진정하라는 듯 두 손을 내보였지만 말투는 삐딱했다.

"그만. 그만해. 오른쪽에 깨알 반쪽만 한 점이 있긴 있어. 그리고 다시 한번 말하지만 난 정말 송폐한테 눈곱만큼도 관심 없었어. 진짜야. 맹세해."

"오오, 이런 양아치 같은 거짓말쟁이를 보게. 관심이 없어? 관심이 없어서 그이가 산딸기를 좋아한다니까 바로 산딸기 무늬 머리띠를 하셨어?"

"하필 그거밖에 없어서 그랬어."

"오호 그래? 그럼 또 그날, 송폐가 소풍가자고 한 날 왜 하필이면 그이가 좋아하는 오이를 싸온 건데? 응? 나도 그이가 오이에 환장하는지 몰랐어! 근데 넌 또 그걸 어떻게 알고 오이 반찬을 해온 건데! 네 덕분에 그이는 내 도시락은 먹지도 않고 네 것만 다 먹었잖아! 그런데도 내 오해라고? 오해? 오해애!"

주위의 나무들이 경련을 일으키듯 파들거렸다.

이에 풀잎의 심사도 삐끗거리기 시작했다.

"진짜 오해라고. 하필 그날 우리 시종이 밭에서 오이를 한 바가지나 따오는 바람에 어쩔 수 없이 온통 오이 반찬을 해온 거라고 내가 몇천 번을 말해. 응?"

"웃기시고 있네! 엉덩이에 뿔이나 나버려라, 이 못된 것!"

"뭐가 어쩌고 어째? 이 못된 철부지 같으니."

"뭐? 철부지? 야! 내가 육백 살이야! 육백 살! 너 몇 살인데!"

"육백 살이 뭔 소용인데? 친구 먹었으면 끝이지! 그리고 육백 살 먹었으면 뭐해? 소갈머리가 콩알만 해가지고!"

"뭐가 어째? 너 말 다했어?"

"다 했다! 어쩔래! 자기가 못나서 바람맞아 놓고선 왜 내 탓인데!"

"뭐가 어쩌고 어째! 내가 못나서? 이 여우궁뎅이가 진짜! 야아아아!"

"뭐어어!"

서로 삿대질을 하며 소리치는 그 모습을 보며 한은 기분이 모호해졌다. 놀라운 마법으로 자신을 구해준 풀딮과 난생 처음 보는 신기한 여자 정령이 마을에서 이따금 보곤 하던 여자애들 싸우는 모습과 또옥같이 싸우고 있었다.

'이야, 잘하면 머리끄덩이까지 잡겠는데? 이거 내 주제에 말려나 하나 말아야 하나?'

한은 자신도 모르게 살짝 웃었고 그걸 본 정령의 삿대질이 방향을 틀었다.

"웃겨요? 지금 이게 웃겨요? 아주 어처구니없는 게 둘이 똑같네! 응? 이제 보니 애인 맞네! 애인 맞아! 뻔뻔하고 싸가지 없는 게 아주 둘이 천생연분이네!"

한은 입술을 오므렸고, 이제야 애인임을 인정받은 풀잎은 주먹을 쥐고 분노했다.

"야아아!"

"뭐어어!"

"이이익…."

같이 가자는 말도 못 꺼내본 풀잎은 여전히 오해를 한 바가지나 뒤집어쓰고 있는 정령에 감정이 확 틀어져 버렸다.

"됐어! 이 바보 멍청이! 가면 될 거 아니야!"

"그래, 어서 가 버려! 나도 너 꼴도 보기 싫어! 꺼져!"

"그래, 간다! 가!"

풀잎은 씩씩거리며 한의 팔을 신경질적으로 쳤다.

"가요!"

한은 쭈뼛쭈뼛 뒤따라갔다. 닻별이 그에 대고 소리쳤다.

"다시는 오지 마! 다신 오지 말라고!"

"안 와! 안 온다고! 안 올 테니까 평생 오해나 하면서 오이나 깎아 먹어라, 이 바아보 멍청아!"

멀어지는 그 모습에 정령의 눈빛이 흔들렸다. 자존심에 비수라도 꽂힌 듯 몸을 떨더니 갑자기 오른손을 쫙 폈다. 손 안에 시푸른 오이가 하나 나타났다.

"이거나 처먹고 꺼져 버려!"

휘익 날아간 오이는 때마침 뒤돌아보던 한의 이마를 강타했다.

'윽!'

동시에 풀잎이 홱 돌아보며 소리쳤다.

"웃기고 있네!"

풀잎은 씩씩대며 휘휘 걸어갔다. 한은 아픈 이마를 문지르다 땅에 떨어진 오이를 주워 옷에 문지르며 뒤따라갔다. 가면서 돌아보니 정령이 어린애처럼 발을 구르며 분해 어쩔 줄 몰라 하고 있었다.

'이야…'

그만큼 성질난 풀잎은 낙엽을 확확 내차듯 걸어가며 혼잣말을 했다.

"기집애가 지가 딱지 맞아놓고는 괜히 내 탓을 하고 난리야. 아우, 성질 나."

"딱지 맞았대요?"

"그렇다니까요! 저 바보 같은 게, 그러니까 송폐라고 뺀질거리는 요정이 있었는데 송폐는 별로 좋아하지도 않는데 쟤가 저 혼자 괜히 들떠서 이러니저러니 하는 바람에 송폐가 할 수 없이 대답해주고 만나고 뭐 그런 거였거든요."

풀잎의 발걸음에 낙엽들이 튀었다.

"근데 쟤는 그게 자기 맘을 받아준 거로 착각해가지고 혼자 망상에 빠진 거예요. 물론 저는 송폐를 좋아하지도 않았고요.

그냥 송폐가 저한테 호감을 가지고 있어서 누가 보면 꼭 삼각관계처럼 보이는 바람에 제가 중간에서 괜히 곤란했죠. 아무튼 저 바보 같은 게 자기가 송폐한테 차여놓고는 괜히 저한테 화풀이를 하고 있는 거예요. 저 모질이 바보 천치가 진짜…."

그러다 한을 돌아본 풀잎이 눈을 번쩍 떴다.

"아니 그걸 뭐 하러 먹고 있어요!"

"왜요? 맛있는데."

"이런 바보! 그 안에 뭐가 있는지도 모르는데 그걸 왜 먹어욧!"

"왜요, 그냥 오이인데."

"그게 그냥 오이인지 독약인지 어떻게 아냐고요!"

그때였다. 정말 독이라도 발라져 있는지 한이 억 소리를 내며 오이를 떨어뜨렸다. 몸이 앞으로 굽어지며 바들바들 떠는 가싶더니 별안간 확 퍼지는 흰 연기와 함께 개로 변해 버렸다.

풀잎은 거 보라며 오만 인상을 썼다.

"내가 진짜! 그걸 뭐 하러 먹어가지고!"

개는 풀잎을 향해 힘차게 꼬리를 흔들며 호감을 내보이더니 드러누워 다리를 발발 떨기 시작했다. 풀잎은 환장하겠다는 듯 주먹을 내보였다.

"이러언!…"

이에 개가 벌떡 일어나더니 풀잎의 오른 다리를 부둥켰다.

"뭐야! 저리 안 가!"

풀잎은 다리를 흔들었지만 개는 떨어지기는커녕 더 힘껏 끌어안으며 요상한 엉덩이짓을 했다. 풀잎은 당황하며 다리를 마구 내저었다.

"아니 이 개! 개! 놔라고! 놔라고오!"

"멍!"

"이런 개! 야아아!"

풀잎은 개의 얼굴을 밀어붙이며 소리를 질렀고 개는 상체가 뒤로 젖혀지면서도 꿋꿋이 뒷다리로 버텨 서며 헥헥헥 좋다고 그 손을 핥았다.

마법의 문을 통과해 다시 봄날의 산길로 돌아온 풀잎은 잔뜩 신경질 난 얼굴로 짝 다리를 짚고 있었다.

"아우, 내가 진짜…."

그 옆의 납작 바위엔 다시 제 모습으로 돌아온 한이 풀죽은 개 마냥 앉아 있었는데, 풀잎은 보란 듯 자신의 오른 다리를 내려다보며 오만 인상을 썼다.

"이이익…."

한은 죄책감에 고개를 들지 못했다.

"죄송해요. 그러면 안 된다는 걸 느끼면서도 알 수 없는 그 어떤 충동에 휩싸이면서…."

"그렇다고 오줌을 싸요!"

"죽을죄를 졌습니다…."

"이러언…. 이이…."

풀맆은 척척한 오른 다리에 표정을 마구 찌푸렸다. 양도 많았다.

"아우, 찝찝해!"

"면목이 없습니다."

"시끄러워요! 뭐하러 그걸 처먹어 가지고!"

"배가 살짝 고파서…."

"이익!"

풀맆은 한 대 때릴 것처럼 주먹을 움켰고 한은 이불에 오줌을 싼 아이처럼 처량히 고개를 떨어뜨렸다.

그리고 그런 연인의 모습을 살짝 열린 결계의 문으로 내다보던 닻별은 꼴좋다고 키득거렸다.

'좋네. 물레방앗간 가서 사이좋게 빨래하고 깨벗고 놀면 되겠네. 응?'

마음 같아선 따라가서 오이 몇 개를 더 던져주고 싶었다.

움직이면 바지의 척척한 부분이 느껴져 어쩔 수 없이 일단 말리기로 했다. 그런데 풀맆은 바람 마법이나 건조 마법 같은 비물질계 마법엔 소질이 없었다.

"젠장…."

할 수 없이 어정쩡한 자세로 햇볕에 오른 다리를 내밀었고 한이 그 옆에 쭈그리고 앉아 숲에서 따 온 커다란 잎사귀로 부채질을 했다.

"죄송해요."

"빨리 은혜 갚아요."

"네…."

척척했던 바지는 은혜로운 부채질에 빠르게 말라갔지만 찝찝한 기분은 떨쳐버릴 수 없었다. 풀잎은 부채질의 정성이 부족해지면 즉각 개쉐이를 보듯 인상을 썼다.

'기껏 데리고 왔더니 다리에 오줌이나 싸고 진짜….'

한은 시무룩한 얼굴로 부채질을 하다 풀잎을 쳐다보며 말했다.

"혹시 냇가라도 나오면 요 부분만 얼른 빨아드릴까요?"

"시끄러워요."

풀잎은 정말 한 대 쥐어박을까 하다가 멈췄다. 동시에 그걸 본 한도 부채질을 멈추고 엉거주춤 일어났다.

"뭐야…."

저만치 우거진 숲에서 커다란 멧돼지 한 마리가 모습을 드러내고 있었다. 그런데 멧돼지의 상태가 좀 심상치 않은 건 이쪽을 보는 두 눈이 마치 붉은 보석을 박아 넣은 것처럼 빨갛게 빛나고 있기 때문이었다.

"저 왜 저래?"

한은 어리둥절 풀잎을 보았다.

"혹시 아까 그 정령님 아니에요? 열 받아서 다시 한 판 붙자고?"

풀잎은 말없이 검을 뽑아들었다. 한 눈에도 멧돼지는 어떤 마법적인 힘에 붙들려 있었다. 하지만 밀려오는 마법력의 파장은 닻별의 그것이 아니었다.

닻별은 순진한 백치미 같은 느낌인 데 반해 지금 붉은 안광을 흘리며 다가오는 멧돼지는 뭔가 이질적이고도 탁한 느낌이었다.

"물러서요."

풀잎의 나직한 목소리에 한은 즉시 뒤로 물러났다. 혹시 몰라 굵은 돌멩이 두 개를 주워들었다.

그때 멧돼지가 돌진해왔다. 뜻밖에 풀잎도 달려 나갔고 이에 멧돼지가 주춤하며 속도를 줄였다. 하지만 풀잎은 그대로 달려가 마법력이 실린 검을 내리쳤다.

콰앙!

멧돼지가 튀어나온 어금니로 그 검을 튕겨냈다.

이번엔 풀잎이 주춤했다.

'이것 봐라?'

즉각 번뜩이는 쾌검을 몰아쳤다. 멧돼지는 그 현란한 검광들을 타악기 소리를 내듯 모조리 튕겨내더니 오히려 달려들어 들이받아 버렸다.

쾅!

마법력의 충격에 풀닢은 검은 놓치고 뒷걸음을 쳤다. 멧돼지는 곧장 돌진해 왔고 풀닢은 피하기에 늦어 방어막을 세우려 했는데 물러나던 발이 서로 엉키면서 그만 엉덩방아를 찧고 말았다.

'헉!…'

모든 싸움이 그러하듯 찰나의 방심과 실수가 치명타를 입는 법. 엉덩방아를 찧는 바람에 방어막은 하늘로 처들리듯 생성됐고 그 휑하니 열린 앞 공간에 풀닢은 눈이 둥그레지고 말았다.

'아…'

그때 한이 있는 힘껏 돌멩이를 던졌다.

"아아!"

쏜살같이 날아간 돌멩이는 멧돼지의 엉덩이 아래 부르알을 강타했다. 마법력이 온통 머리 쪽에 몰려 있던 멧돼지는 번갯불을 맞은 듯 움찔했고, 그 찰나의 도움에 풀닢은 몸을 뒤로 던져 비탈을 굴러 내려갔다.

큰일날 뻔한 순간이 눈앞에 어지러웠다.

멧돼지는 그런 풀닢을 포기하고 자신의 부르알을 농락한 한을 노려보았다.

크르르…!

그 심정을 십분 이해한 한은 급히 가까운 나무를 타고 올랐다. 멧돼지는 벼락같이 달려와 둥치를 들이받았다. 설마 하던 아름드리나무는 우지끈 소리를 내며 기울어졌고 한은 입을 떡 벌리며 경악했다.

'이 미친 새끼!'

그때 풀닢이 비탈을 뛰어올라와 허리춤에서 표창을 뽑아 던졌다. 표창은 하필 엉덩이 아래 부르알에 박혔고 멧돼지는 화들짝 놀라 풀닢을 향해 돌아섰다.

그 사이 아름드리나무는 땅으로 완전히 쓰러졌고 한은 훌쩍 뛰어 내렸다.

멧돼지는 풀닢을 향해 돌진했다.

풀닢은 재빨리 검을 주워 하늘로 치켜들었다. 마법력이 벼락을 불러 들였다.

콰지지직!

멧돼지가 달려드는 순간 풀닢은 공중제비를 해 날아올랐고 빛나는 태양 아래 혼신을 다해 검을 뿌렸다.

검은 섬광처럼 멧돼지의 머리에 박혔고, 멧돼지는 세찬 벼락 줄기에 휩싸이면서 그대로 땅을 쓸고 나갔다.

지져대는 붉고 푸른 벼락들….

땅에 착지해 숨을 토하는 풀잎….

벼락들이 흩어지자 멧돼지는 멸살마법사가 그랬던 것처럼 석화되어 버렸다.

돌멩이를 던지려던 한은 주춤했다.

찰나만 같고 한참만 같은 시간이, 잔상이, 그리고 또 감정들이 햇빛 속을 흘러갔다. 바람이 머리칼을 흔들며 반짝거리는데….

"후우!"

풀잎은 커다란 날숨을 내쉬며 그제야 안도했다.

한도 돌멩이를 떨어뜨리고 가슴을 폈다.

풀잎은 호흡을 가다듬은 후 석화된 멧돼지에게로 갔다. 마법력을 발해 박힌 검을 뽑자 멧돼지는 돌무더기가 되어 무너졌다.

한이 뛰어와 괜찮으시냐고 물었다.

풀잎은 입술을 살짝 깨문 뒤 답했다.

"고마워요."

때마침 한이 돌멩이를 던지지 않았더라면 정말 위험할 뻔했다. 한은 다행이라는 듯 가슴에 손을 얹고 말했다.

"오히려 제가 감사드려요. 정말 대단하세요. 그나저나 이 멧돼지, 설마 아까 그 정령 친구가 보낸 거예요?"

풀잎은 도리질을 했다.

"아니에요. 바보 같긴 해도 나쁜 애는 아니에요. 오이를 던져서 개로 만드는 게 딱 개 수준이죠."

한은 이제 다 말라 있는 풀잎의 바지를 보았다.

풀잎은 돌무더기가 된 멧돼지를 살폈다. 어떤 못된 마법사가 연구용으로 사용하다 버린 게 아닌가 싶었다.

'젠장…'

검을 집속에 넣고 흐트러진 머리칼을 쓸어 올렸다. 비탈을 구를 때 달라붙은 먼지며 낙엽 부스러기가 버석거렸다.

풀잎은 한숨을 내쉬었다. 바람이 불어와 이마의 땀에 엉켰다.

대체 이게 무슨 일이람….

되는 일은 없고 황당한 일은 자꾸 생기고, 하늘을 돌아보는 풀잎의 표정이 복잡다단했다.

갈 길이 막막했다.

풀잎은 지친 얼굴로 산길을 걸었다.

날아갈 기운도 없고 그럴 기분도 아니었다.

다 말랐지만 바지에선 바보 같은 남자의 냄새가 나는 듯했고 비탈을 구를 때 달라붙은 먼지며 낙엽 가루는 몸 이곳저곳에 답답했다.

"씻고 싶다. 얼른 날아가자."

마음을 고쳐먹고 다시 비행마법을 발하려는 그때였다. 보란 듯 맑은 물이 고여 있는 커다란 바위 웅덩이가 나타났다.

투명한 물빛 위로 푸른 하늘이 비치고 돌돌돌 흘러내려가는 물길은 햇빛에 반짝거리는 한 폭 그림 같은 풍경이었다.

"와…."

풀잎이 딱 씻고 싶은 표정을 하자 한은 냉큼 말했다.

"제가 망 봐드릴게요. 얼른 씻으세요."

"시끄러워요."

잠시 후 바위 웅덩이 옆엔 풀잎의 바지와 상의와 속옷들이 가지런히 쌓였다. 그리고 그 위엔 할머니에게서 받은 굴락의 목걸이가 반짝 놓였다.

알몸이 된 풀잎은 아름다운 주위의 풍경을 한 번 둘러보고, 한이 망을 보고 있겠다고 한 저 모퉁이 쪽도 지그시 바라본 다음, 이내 기분 좋은 날숨과 함께 투명한 물속으로 몸을 밀어 넣었다.

바위 웅덩이는 허리 깊이 정도였다. 풀잎은 수영을 하듯 몸을 내맡기며 머리를 흔들었다.

"아아, 시원해. 아우, 좋아."

조금 차가웠지만 온몸이 찌릿찌릿 말할 수 없이 상쾌했다.

그런 웅덩이가 보이지 않는 숲길 모퉁이에서 한은 뒷짐을 진 채 주위를 살피고 있었다.

"허흠…."

부끄러운 과오를 만회하는 것 같아 마음이 뿌듯했다. 물론 그 임무에만 충실하려 했지만 자연스레 상상은 날개를 폈고 또 그러다보니 물레방앗간을 비롯한 이런저런 추억들이 떠올랐다.

"그러게 말이지."

밭 갈고 김매던 스무 해 인생이 어쩌다 이곳에서 이렇게 뒷짐을 지고 있는 건지…. 꿈을 꾸는 것 같기도 하고….

"정말…."

멸살마법사를 만나 심장이 뽑힐 뻔한 그때, 풀립이 그냥 가버릴 것만 같아 절망하듯 주저앉은 그 순간, 자신도 모르게 붙잡은 바지 자락이 운명을 죽음으로부터 건져 새로운 삶의 길에 올려놓은 것 같은 기분이 들었다.

"그니까…."

한은 고즈넉해지는 얼굴로 푸른 하늘을 바라보았다.

봄바람은 옷깃을 스치고, 신비로운 이 순간은 알 수 없는 바람을 타는데…. 은혜로운 풀립 마법사님은 바보 개의 실례를 잊고 투명한 물빛 속에서 기분 좋은 유영을 즐기고 있을까….

풀립이 헤엄을 치는 바위 웅덩이 아래엔 깊고 어두운 심연이 숨어 있었다. 그리고 그 심연 너머의 또 다른 세계에선 누군가들이 설레는 붉은 눈빛으로 이야기를 나누고 있었다.

'봐봐, 아주 탐스러운 인간 여자야.'

'마법력도 상당해.'

'숙주로 딱 맞는 게 들어왔어.'

'서두르지 마.'

심연에 비친 마계의 붉은 눈들은 풀잎의 나신을 응시하며 미소 지었다.

내내 기다려도 멧돼지 같은 쓸 데 없는 산짐승들만 들어왔는데 이제야 훌륭한 재료가 들어온 것이었다. 평범한 인간이어도 고마울 판에 마법력이 깃든 인간이라니 더없이 흡족했다.

'준비 다 됐어.'

'실수는 안 돼.'

'걱정 마. 금방 두 눈이 붉어질 거야.'

'시작해.'

풀잎은 상쾌한 기분으로 하늘을 본 뒤 다시 수면 아래로 잠수를 했다. 빛 방울들이 눈앞을 흘러가고 청량함은 온몸 곳곳에 마냥 좋은데….

그때 수많은 실낱같은 기운이 허리를 휘감았다.

'어!'

깜짝 놀란 풀잎은 물 밖으로 몸을 일으켰다. 하지만 그 기운은 다리를 휘감아 당겼고 풀잎은 첨벙 쓰러지고 말았다. 버둥거리며 다시 수면 위로 몸을 내밀었다.

"하아!"

물가에 세워둔 검을 향해 손을 뻗었다. 동시에 얼굴이 뒤로 꺾이며 물속으로 빨려 들어갔다.

'아악!'

그 순간 풀잎의 손끝에서 날아간 마법력이 검을 흔들었다. 검은 쓰러지며 옆에 있는 가방을 쳤고 가방은 굴러내려 물에 빠졌다. 다시 물 밖으로 튀어나온 풀잎이 경악하듯 숨을 뱉었다.

"학!"

그러나 소리를 지를 새도 없이 휘몰아든 기운은 풀잎을 물속에 짓눌렀다. 출렁이는 수면 위에 가방이 파도쳤다. 그 아래선 벗어나려 몸부림치는 풀잎의 나신이 급박했다.

한은 이상한 느낌에 고개를 돌렸다. 바위 웅덩이 쪽은 모퉁이에 가려져 있었다. 괜한 기분일까. 왠지 심장이 조금 빠르게 뛰는 느낌이었다.

'쩝…'

한은 그냥 어깨를 으쓱하고 말았다.

풀잎은 물속에서 자신의 얼굴을 붙잡은 채 버둥거렸다. 벗겨내려 해도 벗겨지지 않는 그 실낱같은 기운에 어쩔 줄을 몰라 했다.

'아아아!'

그때 웅덩이의 수면이 쩡 하고 얼어 버렸다. 손을 뻗었지만 그 손은 세상 밖으로 나가지 못했다.

웅덩이 아래 심연 속에선 붉은 눈들이 만족스런 웃음을 주고받았다.

'됐어.'

'조금만 기다려. 힘이 확실히 모일 때까지.'

'맞아. 그래야 숙주를 완벽히 통제할 수 있지.'

'마법력이 있으니 영혼의 저항이 있을 거야.'

풀잎은 몸부림을 쳤다. 숨이 막혀왔다. 애타게 두드려도 얼어붙은 수면 너머엔 아무도 없었다.

'하안!'

한은 넝쿨이 우거진 모퉁이 너머로 슬며시 고개를 내밀었다. 목욕을 하고 있는 풀잎을 훔쳐보려는 게 결코 아니라고 다짐하며 그저 뭔가 알 수 없는 불안감을 확인하려고만….

'어?'

풀잎이 보이지 않았다. 눈을 깜빡이고 다시 보니 웅덩이엔 풀잎이 메고 있던 갈색 가방이 떠…있는 것 같았는데 눈을 반짝 뜨고 다시 보니 물이 하얗게 얼어 있었다.

"어…."

마법사인 풀잎이 무슨 마법을 시연하고 있는 건가 싶었지만 얼어붙은 수면에 반쯤 드러나 있는 가방이 심상치 않았다.

한은 즉시 웅덩이를 향해 뛰었다.

심장이 뛰었다. 뭔가가 잘못되었다. 내달려 물가의 바위를 훌쩍 뛰어넘어 얼어붙은 수면 위에 착지한 순간 한은 분명히 보았다. 얼음판 아래서 흐느적이며 손을 내미는 풀잎의 모습을….

"아아!"

달려가 주먹을 내리쳤다. 내리치고 또 내려쳤다. 꿈쩍도 않는 얼음 아래서 풀잎이 목을 잡고 있었다. 한은 어쩔 줄 몰라 하다 물가로 달려가 그녀의 검을 가져왔다. 쾅쾅 미친 듯이 내려쳤지만 얼음은 흠집 하나 나지 않았다.

"으아아!"

바위를 들고 와 있는 힘껏 내리질렀다. 쿵 소리가 귀를 울리고 바위는 튕겨나가 나뒹굴었다.

"안 돼…. 안 돼! 안 돼!"

엎드려 소리를 질렀지만 풀잎은 더 이상 움직임이 없었다. 한은 눈물이 터지며 사방을 둘러봤다. 하지만 도와줄 이는 아무도 없었다. 그때 풀잎의 옷가지 위로 뭔가가 반짝였다.

목걸이….

내달려 목걸이를 가져왔다. 기적을 바라는 마음으로 그 뾰족한 끝을 아래로 향해 얼음판을 내리찍었다.

콰직!

섬광이 터지며 얼음판에 금이 갔다. 놀란 한은 목걸이를 쥔 두 손을 연달아 내리찍었다. 섬광이 들이치며 얼어붙은 웅덩이가 쩍쩍 금이 가기 시작했다.

마계의 붉은 눈들이 당황했다.

'뭐, 뭐야!'

'어떻게 된 거야!'

'이건 드래곤의 마법력이야!'

'이런 미친!'

한은 소리를 지르며 내리치고 또 내리쳤다. 깨지고 부서지는 얼음판 사이로 물이 튀어 올랐다. 풀잎의 모습이 보였다.

그때였다.

물속에서 시커먼 기운이 구름처럼 뿜어 올랐다. 한은 피하지 않고 그 구름을 있는 힘껏 내리찍었다.

"으아아!"

섬광이 쏟아졌다. 먹구름은 한을 집어삼키려 했지만 영혼을 다해 내리치는 목걸이에 터지고 찢어지고 산산이 흩날렸다. 그 사이로 핏빛 비명소리도 들렸던가….

폭발하는 눈부심에 검은 구름은 도망치듯 사라지고 얼음은 일순 빛나는 물빛이 되어 출렁거렸다. 한은 그 속에서 풀잎을 건져 올렸다.

눈물이 뜨거웠다. 하지만 풀잎의 몸은 얼음처럼 차가웠다.

한은 그녀를 품에 안고 뛰어 햇살 바른 풀밭에 내려놓았다. 숨을 쉬지 않았다. 가슴에 귀를 대고 입술에 손을 대어 봐도 숨결이 느껴지지 않았다.

'안 돼!'

애타게 인공호흡을 했다. 가슴을 누르고 숨을 불어넣고 정신 차리라고 소리도 질렀다. 쏟아지는 눈물이 마냥 뜨거웠다.

'제발!…'

그렇게 얼마나 애타 했을까.

희미한 울음소리와 함께 풀잎이 눈을 떴다. 한은 울음을 터트리며 그녀를 끌어안았다. 죽지 말라고, 정신 차리라고, 얼음장만 같은 몸을 열심히 문질렀다.

* * *

늦은 오후의 햇살이 주황빛으로 물들고 있었다.

나무꾼이 베어낸 아름드리나무의 그루터기에 풀잎은 이제 본래의 모습으로 앉아 있었다. 하지만 두 눈엔 힘이 하나도 없었다. 어깨엔 한의 겉옷이 덮여 있었다.

"……."

이따금 스치는 한기에 젖은 눈빛이 흔들렸다.

조용히 눈을 감았다가 따뜻한 햇살에 다시 떴다.

죽음이 가까이 왔었다. 숨을 그러쥐고 영혼을 삼키려 했다.

희미하게 들려오던 그들의 붉은 웃음소리가 다시 소름으로 끼쳐왔다.

"추우세요?"

한이 물어왔다. 고개를 드니 그가 걱정스런 얼굴로 손을 내밀고 있었다. 그의 손등에 핏자국이 붉었다.

흐릿한 기억….

얼음을 내리치던 그의 모습이 아른거렸다.

"……."

눈물이 차올랐다.

가슴이 흔들거렸다.

무언가가 텅 비어 버린 것 같은데….

햇살의 시간이 세월을 흘러버린 듯 그런 아득함이 봄날의 허공에 반짝거렸다.

둘은 완만한 숲길을 걸어내려 갔다.

붉어진 햇살이 바람에 흔들리고 나무와 이파리들은 그 빛에 소곤거렸다. 볼에 닿는 머리칼의 떨림, 가슴 속에 이는 숲의 향기가 사무쳤다.

투명해진 시선으로 허공을 바라보았다. 가슴 안에서 목걸이가 느껴졌다. 돌아보는 한의 시선도 느껴졌다.

그가 아니었으면, 그가 마계의 기운을 물리치지 못했더라면, 자신도 그렇게 두 눈이 붉어지고 말았을 터….

마계의 조종을 받는 인형이 되어 무언가를 파괴하고, 무고한 이들을 해치다 결국 마법사들에게 죽임을 당했을 터였다.

할머니에게 돌아가지도 못하고….

비참하게….

"배 안 고프세요?"

팔꿈치를 살짝 만지는, 멋쩍게 웃어 보이는, 바보 같은 모습에 또 눈물이 날 것 같았다.

둘은 산을 내려와 노을이 곱게 물든 마을로 들어갔다.

여관으로 들어가 각방을 잡고, 몸을 씻고, 각각 따로 식사를 했다.

그리고 별이 빛나는 밤, 한은 침대에 누워 복잡다단한 심경에 몸을 뒤척였다.

옆방에선 풀잎이 웅크리듯 누워 파란만장했던 하루의 피로감에 정신이 혼미해졌다.

스물두 해를 속없다는 소리를 들으며 꽃반지나 만들고 성의 텃밭에서 오이나 따 먹으며 살아오다 이 무슨 기가 막힌 하루를 보낸 건지….

'정말…'

떨리는 숨결과 함께 풀잎은 몸을 더 웅크렸다. 숨 막히던 물속, 그곳에서 삶이 그대로 끝날 뻔했다는 생각에 또다시 눈물이 나려했다.

'한…'

눈물이 따듯했다. 이렇게 마음껏 숨을 쉴 수 있는 지금이 너무도 감사했다.

'흐윽…'

그렇게 풀잎이 눈물을 훔치며 울음을 참고 있을 때, 옆방의 침대에선 한이 자꾸만 차오르는 알 수 없는 감정에 날숨을 연발하고 있었다.

"꿈을 꾼 것 같다…"

오늘이란 시간이 환상처럼만 느껴졌다. 두렵고 놀랍고 또 신기하기만 한…. 격렬한 감정에 마냥 눈물이 뜨거웠던….

"아무튼 다행이야."

만약 그때 풀잎이 살아나지 못했더라면 지금 이 순간 얼마나 괴롭고 고통스러울까.

"하아…"

텅 빌 뻔했던 가슴이 선명한 소리를 냈다. 울며 풀잎을 끌어안았을 때 느껴지던 그 생생한 호흡이 한은 지금 자신의 가슴속에 기쁨으로 울려 퍼지는 듯했다.

이이굴락

드래곤들은 수천 년을 살았다.

그리고 숙명처럼 반짝임에 집착했다. 그 집착과 긴 삶의 시간은 자연스레 산더미와 같은 금은보화로 쌓였고, 그러다 어떤 드래곤이 임종에 가까워지게 되면 세상은 그 남겨질 무수한 보물들에 설레는 관심을 표했다.

그 관심이 싫은 고룡들은 죽음이 가까워오면 자신의 궁전이 있는 산을 보호막으로 덮었다.

보호막은 깨지지 않기 위해 마계와 이계의 마법을 혼합한 새로운 마법력으로 이루어졌고, 그건 고룡이 평온한 임종을 맞을 수 있게 해주는 안전장치와 같았다.

설령 누군가가 보호막을 깨뜨리려 해도 새로운 마법체계를 분석하고 연구하는 데 오랜 시간이 걸렸기에 사실상 파해 마법은 불가능에 가까웠다.

"그럼 드래곤이 죽고 나면 그 보물들은 다 어떻게 돼요? 그냥 그곳에 계속 쌓여 있는 거예요? 반짝반짝?"

궁금한 아이들은 그렇게 묻곤 했다.

당연지사 대부분의 드래곤은 자신의 보물들을 그대로 놔둔 채 죽지 않았다.

물로 만들어 강물처럼 흘려보내든지, 비눗방울로 하늘에 날리든지, 아니면 공간 이동의 별바다에 흩뿌리거나 하여 다른 이의 손에 더럽혀지는 걸 막았다.

다만 간혹 그 보물을 꿈꾸며 모여든 군상들에게 선물처럼 나눠주는 경우가 있었고, 때론 상태가 급속히 악화돼 미처 다 처리하지 못하고 눈을 감는 경우도 있었다.

그러면 드래곤의 죽음 뒤 보호막이 사라진 궁전은 그야말로 축제의 장 또는 서로 뺏고 빼앗으며 불꽃을 튀기는 아수라장으로 화했다.

이이굴락….

생의 끝자락에 다다른 고룡은 대전의 단 위에 힘없이 엎드려 있었다.

기억이 흐릿해지고 있었다. 깊은 잠에 빠졌다가 눈을 뜨면 문득 이곳이 어디인가 싶을 때도 있고, 심지어 자신의 이름이 생각나지 않을 때도 있었다.

칠천 년을 살았을까, 팔천 년을 살았을까….

이제 그 오래된 영혼이 점점 흩어져가니 기력도 마법력도 다 사그라드는 잔불만 같았다.

"감무르…."

단 아래에 갑주 차림으로 서 있는 요정을 불렀다. 얼굴에 긴 칼자국이 나 있는 요정은 공손히 머리를 숙였다.

"하명하옵소서."

그는 굴락의 오래된 부하로 이 왕국의 모든 대소사를 관리하고 있었다.

대왕은 기운 없는 목소리로 입을 열었다.

"저것들을 어떻게 한다…."

대전 저편의 드넓은 공간엔 수천 년이란 시간이 쌓아온 금은보화가 바다를 이루고 있었다.

헤아릴 수도 없는 반짝임….

삶이 끝나가는 지금 그 바다는 쓸쓸한 미련이기도 했고, 여전한 설렘이기도 했으며, 또 운명과도 같은 짐이기도 했다.

"어떻게…할까…."

감무르는 안타까운 미소로 답했다.

"대왕의 뜻대로 하소서."

그 답을 바라며 지금 산 아래엔 온갖 군상들이 구름처럼 몰려와 있었다. 자신들에게 나눠주기를 바라며…. 또는 그대로 놔둔 채 얌전히 죽어줬으면….

천 오백년 전 한 드래곤은 죽기 전 보물을 나눠준다고 수많은 이들을 불러 모은 다음 그 보물들을 모두 똥으로 만들어 이거나 처먹으라며 뿌려버렸다고 하는데….

"나도 그럴까…."

"대왕의 뜻대로…."

대답은 그렇게 했지만 감무르는 정말 똥으로 뿌려버리려는가 하며 굴락의 눈치를 살폈다.

물론 산 아래에 모여든 수많은 이들 위로 똥이 눈보라처럼 날리는 걸 상상하면 왠지 가슴이 후련해지는 것도 같았다.

요정의 집

아침이 밝았다.

일상을 시작하는 마을 사람들의 발걸음과 까르르 뛰어다니는 아이들의 모습이 생기로웠다.

풀잎과 한은 여관을 나서 다시 아룬산을 향한 여정에 올랐다. 조용히 앞만 보고 걷는 둘은 이 화창한 봄날이 생생하도록 어색했다.

"……."

"……."

나비 한 마리가 둘의 시선을 같은 방향으로 당겼다 놓았다.

살짝 스친 시선이 못 본 척 봄바람에 흔들리고….

자연스레 떠오르는 어제의 기억들….

풀잎은 한이 엉엉 울면서 자신의 알몸을 애타게 문지르던 기억을 바라보았다. 죽지 말라고…. 그러다 추위에 몸을 떨자 허겹지겹 옷을 입혀줬는데, 바보 같은 인간이 빤스를 반대로 입혔다가 다시 벗겨 옳게 입혀준 기억은 자존심을 저 푸른 하늘 어딘가로 반짝반짝 날아가게 했다.

한은 희미하게 가슴을 떠는 풀잎을 불안하게 흘끔거렸다. 경황이 없었던 어제와 달리 이제 보니 너무 많은 걸 봐버렸고, 또 선을 살짝 넘어버렸다는 사실에 혹시나 더 이상 같이 못가겠다고 하진 않을지 조마스러웠다.

'구명 활동이었는데…. 몸 따뜻해지라고….'

그때 반응이라도 하듯 갑자기 풀잎이 우뚝 걸음을 세웠다.

한은 심장이 덜컥 소리를 냈다.

풀잎은 입술을 살짝 깨물더니 결심이라도 한 듯 한을 향해 돌아섰다.

"저기요."

한은 즉각 차렷 자세로 다가섰다.

"네!"

심장이 웅웅거렸다. 헤어지자는 말이 나오는 걸까.

풀잎은 한 너머의 화창한 봄빛을 두 눈에 담았다. 푸른 하늘과 따사로운 햇살을 지나 붉게 상처가 나 있는 한의 귓가를 스쳐본 후, 담담한 표정으로 말을 꺼냈다.

"어제는 고마웠어요. 그리고 이 은혜는 잊지 않을 게요."

"아 아니에요. 오히려 제가 감사드리죠. 오히려 제가 감사하고 고맙고 또 뭐랄까…"

문득 풀닢의 표정이 새침해졌다.

"뭐가 고마운데요?"

"네?"

"뭐가 고마워요?"

"아아, 그…그냥 무사해 주셔서 감사하다는 의미죠. 만약 그
때 그렇지 못했다면 제가 지금 얼마나 괴롭고 고통스럽겠어요.
저를 구해주셨는데 저는 그러지 못했다면…"

"……"

"그래서 감사하죠. 살아나주셔서…. 정말…"

풀닢은 보로통해지려던 시선을 거뒀다. 그리고 조용히 걸음
을 옮겼다. 가슴이 뭉클거리더니 콩콩 아프게 뛰기 시작했다.

둘은 말없이 걸었다.

풀닢은 괜히 눈물이 날 것 같아 긴 날숨을 쉬었다. 빛나는
햇살과 맑은 봄바람, 울픈 마음이 어제의 기억들을 반사하며
반짝거렸다.

그러다 길가에 피어 있는 분홍 꽃에 눈이 갔다.

한쪽에만 피어 있던 분홍 꽃은 곧 양쪽으로 줄지어 이어졌
고, 잠시 후 사방이 그 꽃빛으로 가득해지며 꽃밭에서 뛰노는
아이들의 웃음소리가 해맑았다.

아하하하!

누가 뭐라 하지 않았지만 풀잎은 얼굴이 붉어져갔고 이심전심으로 한도 시선을 어디에 둬야 할지 몰라 하다가 하늘로 향했다.

하지만 푸른 하늘에도 풀잎의 분홍 빤스가 팔랑팔랑 날아다니니 들려오는 아이들의 웃음소리는 서로에게 분홍빛 창피함 또는 화사한 봄빛이 되었다.

둘은 서로가 서로에게 은인이 되었으니 이제 더 이상 서로에게 빚진 게 없는 셈이었다.

하지만 풀잎은 한에게 뭔가 보답을 하고 싶었다.

한이 흘린 눈물 때문일까. 멸살마법사에게서 구해준 뒤 고마움을 표현하지 말라며 무표정하게 대꾸했던 자신과 달리 한은 엉엉 울면서 다시 살아난 자신에 대해 온 마음으로 기뻐해줬다.

그 절절한 마음에 뭔가 선물을 하고 싶어졌다.

하여 마을을 벗어나 숲길로 들어섰을 때 풀잎은 걸음을 멈추고 한을 마주했다.

"이리 와 봐요."

"아, 네."

한은 다가와 차렷 자세를 잡았다. 풀잎은 더 가까이 다가서 그의 가슴에 왼손을 얹었다. 한이 쭈뼛거리자 새침한 눈빛으로 가만히 있으라 했다.

"눈 감아요."

"누…눈이요?"

"뭘 빼앗거나 하는 거 아니니까 겁먹지 말아요. 숨 크게 들이쉬고 마음은 편안하게."

"아, 네…."

한은 가슴에 맞닿은 풀잎의 섬섬옥수를 느끼며 눈을 감았다.

'왜 그러지? 혹시 내 마음을 들여다보려고 그러나? 빤스를 반대로 그런 건 절대 고의가 아니었는데….'

풀잎은 한에게 심층 마법력을 불어넣었다.

한 번 작동하고 증발하는 일반 마법력과 달리 심층 마법력은 누군가의 영혼에 별빛처럼 남아 수년에서 수십 년 동안 지속이 되는 마법력이었다.

마법사들이 고위급으로 올라가기 위해선 그 심층 마법력을 키우고 정제해야 하기에 그걸 타인에게 선사한다는 건 여간해선 없는 일이었다.

하지만 한은 생명의 은인….

그때 한이 나타나주지 않으면 이 모든 존재의 의미는 다 사라지고 없었다.

'고마워요….'

뭉클한 마음도 전했다.

한은 몸 안에 반짝거리는 마법력을 느끼며 놀라워했다.

"오오!"

풀닢은 그에 더해 기본 검술 실력이 담긴 마법의 별빛도 선물했다.

"몇 달 배운 정도의 실력이 나올 거예요."

한은 허공에 손을 이리저리 휘둘러봤다. 그러자 오래전부터 검술을 연마해온 듯 자연스런 동작들이 연이어졌고, 아울러 몸 안에서 알 수 없는 기운들이 파도쳤다.

"우와…"

"그만 가요."

신기해하는 한을 뒤로 하고 풀닢은 비행 마법에 시동을 걸었다. 허공으로 떠오르며 마음이 활랑활랑 뿌듯했다.

'가자.'

세상이 새롭게 다가왔다.

불어오는 바람과 햇살이 충만했다. 돌아보니 한이 뜀박질 마법이 걸린 두 다리로 붕 붕 뛰는 듯 나는 듯 따라오고 있었다. 싱숭생숭해 하는 그의 표정에 웃음이 절로 나왔다.

'바보.'

삶이 신기하고 또 오묘했다. 존재의 고마움일까.

정오 무렵 둘은 연푸른 꽃들이 피어 있는 숲속에서 점심을 먹었다.

여관에서 싸온 음식은 담백하면서도 맛났고, 식후엔 향긋한 차도 한 잔 끓여 마시니 분위기가 소풍이라도 나온 듯 좋았다.

풀닢이 말했다.

"근데 우리 아직 자기소개를 안 했죠?"

"네, 이름 말고는 아직."

"이왕 아룬산까지 같이 가기로 했으니까 서로에 대해 조금은 아는 게 좋을 것 같아요."

멸살마법사에게서 구해줬을 땐 그저 이용해 먹을 생각이었지만 이젠 좀 달라졌다.

"저부터 할게요."

풀닢은 차를 한 모금 마신 후 살짝 묘해지는 기분으로 자기 소개를 했다.

"저는…."

맞선을 보면 이런 기분일까. 예행 연습한다고 생각했다.

"제 이름은 플릴 풀닢이고요. 플릴 가문이라고 들어봤죠? 마법계열 가문 중에서는 나름 전통과 명예와 또…."

한은 들어본 것도 같고 아닌 것도 같아 눈만 끔뻑거렸다. 그 모습에 풀닢은 자존심이 살짝 상했다. 그래도 천 년 전엔 꽤 유력한 왕국이었던 가문이었다.

하지만 긴 시간이 흐르는 동안 이런저런 전쟁에 얽히며 쇠약해졌고, 결국 오백여 년 전 몇몇 나라가 합쳐지며 영주의 지위로 내려앉게 되었다.

그 후로도 가문은 계속 쇠락했고 이제 성의 식솔이라곤 일상생활을 담당하는 여인 둘과 대소사를 관리하는 시종 그리고 수비대장과 병사 여섯뿐이었다.

진작 다른 가문에 병합되어 사라졌어도 이상하지 않을 풀립의 가문이 그나마 이렇게 버티고 있는 건 왕가와 맺은 혈맹 덕분이었다.

아무튼 그렇게 초라해진 가문의 기억나지도 않는 아버지는 전쟁터에 불려가 죽고, 희미한 기억속의 어머니는 병들어 누워있던 모습만 아련했다.

결국 덩그러니 커다란 성엔 이제 성주인 할머니와 손녀인 자신만이 남아 가문을 지키고 있는 중이었다.

"뭐 모를 수도 있죠. 왕국이었던 건 까마득한 옛날이고 이젠 그냥저냥 조그마한 가문이니까. 그쪽이 알지 못해도 별 상관없는…"

"……."

"아무튼 할머니가 연구하는 마법에 드래곤의 연심이란 게 필요해서 그걸 얻으러 가는 길이에요. 천 년 전 우리 조상 할아버지하고 굴락 대왕 사이에 인연이 조금 있거든요. 이계의 침략에 맞서 싸운 연합군의 일원이었다는 뭐 그런…"

그렇게 마친 풀잎의 자기소개에 한은 놀란 마음을 고동 소리 속에 감춘 채 고개를 끄덕였다.

'와아…'

그냥 보통 마법사가 아닌 한때 왕국이었던 마법가문의 아가 씨인데다 드래곤 굴락과 인연까지 있어 그를 만나러 간다는 말에 한은 절로 어깨가 움츠러들었다.

"그러셨구나…"

"그런 한은 어떤 가문이에요? 학자라고 했던 것 같은데?"

한은 침을 꼴깍 삼켰다. 가문은커녕 별 볼일 전혀 없는 소작 농 집안이었다.

"아…. 예…. 그러니까 저는…. 저 역시 시골의 작은 가문이긴 한데, 뭐 쇠락하기 전엔 그래도 꽤 잘 나갔다고 하지만 워낙 옛 이야기라 말하기는 좀 그렇고, 몇 대조 할아버지께서 나름 철학으로 유명하셨다는데…"

"아룬산에는 뭐하러 가는 거예요? 솔직히 말해 봐요. 지금 여행 다니는 게 아니라 다른 사람들처럼 금은보화 탐나서 그리로 가는 거죠? 그렇죠?"

풀잎은 뻔히 다 보인다는 표정으로 물었고, 한은 입에다 뭔가를 숨기고 있는 개처럼 머뭇하더니 이내 배시시 웃고 말았다.

"실은…"

왜 그런지 모르겠지만 솔직히 다 털어놓고 싶은 기분이 들었다. 뭐랄까. 착하고 고마운 건넛마을 누나하고 지나가다 괜히 마주앉아 차를 한잔 마시고 있는 그런 느낌?

"이게 어떻게 된 거냐면…."

그래서 왜 가출하게 됐는지, 어려서부터 키워온 첫사랑 날리아에 대한 연정과 그런 둘의 주위를 맴돌던 지크의 질투, 그리고 얼마 전 찾아온 초라한 이별 이야기까지 한은 다시금 밀려오는 서글픔과 함께 탈탈 털어놓았다.

"그래서 집을 뛰쳐나왔어요. 어떻게든 드래곤의 보물을 얻어 쇠락한 가문도 일으켜 세우고 날리아도 되찾으려고요. 지크의 보석 목걸이보다 더 아름답고 신비한 목걸이도 사다주고, 반지며 치마며 날리아가 좋아하는 개나리색 빤스까지 아주 산더미처럼 사다주려고요. 마을 사람들 다 보라고요. 내가 진짜…."

한은 푸른 하늘을 향해 한 맺힌 시선을 날렸다.

그 모습을 보며 풀잎은 사르르 입술을 열었다. '이런 모질이' 소리가 침샘까지 솟아올랐지만 꿀꺽 삼키고 안타까운 미소만 지어줬다.

'어이구….'

첫사랑 때문에 가출을 했든 어쨌든 생명의 은인이니까.

* * *

둘은 비행마법과 뜀박질 마법으로 한참을 나아가다 문득 방향을 틀어 산으로 올라갔다.

한이 뒤를 돌아보며 말했다.

"표지판에는 아룬산으로 가려면 저쪽으로 가야한다고 적혀 있던데."

"알아요. 함께 가줄 요정을 만나러 가는 거예요."

"요정이요?"

정령 닻별은 풀딮 자신이 불안해서 데려가려 했던 거였고, 지금 찾아가는 요정은 할머니가 풀딮 혼자 보내기 불안해서 함께 가달라고 부탁한 존재였다.

'미치광이 요정.'

그는 할머니의 젊은 시절 연인이었다고 했다.

둘은 꽤나 불타나게 사랑을 했는데 어느 날 할머니가 차였고, 바람을 피던 요정은 나중에 정신을 차리고 돌아왔지만 그땐 이미 할머니가 할아버지와 홧김에 약혼을 해버린 상태라 어쩔 수 없었다고 했다.

아무튼 그런 인연에다 그 후에도 이따금 안부를 묻는 등 교류가 있었던 탓에 할머니가 도와 달라 기별을 넣은 것이었다.

"여긴가?"

깊은 산속으로 들어와 나무들이 우거진 숲을 두리번거리던 풀닢은 곧 마법의 결계에 감추어져 있는 문을 찾아냈다.

"여기네. 맞네."

"오오."

우거진 잡목 사이로 푸른 철문이 반짝반짝 나타나자 한은 이미 한 번 경험한 놀라움을 표했다. 그리고 가을빛으로 불타던 정령의 숲처럼 혹 이번엔 함박눈이 펄펄 내리는 겨울 숲이 나오는 건 아닌지 벌써부터 가슴이 팔랑거렸다.

'어디…'

하지만 문을 열고 들어간 요정의 숲은 똑같은 봄날의 숲이었고, 다만 비 온 후의 다음 날처럼 살짝 습기를 머금고 있었다.

"조심해요. 할머니가 그러시는데 정신머리가 살짝 그렇대요."

"그렇다니요?"

"자세히는 몰라요. 그냥 좀 이상하대요."

"네…"

정령의 숲에서 개로 변했던 한은 설마 이번엔 개구리로 변해 풀닢이 집어던지는 건 아닌지 침을 꼴깍 삼켰다.

'어쩌다 팔자에 없는 마법의 세계를…'

그렇게 둘은 조심히 숲길을 나아가며 주위를 살폈다. 짙은 녹음 사이로 빛의 파편들이 반짝거리고 발아래서 부서지는 지난

해의 낙엽들은 왠지 모를 긴장감을 퍼트렸다.

'미치광이에다 술독에 빠져 산다던데….'

'으음…. 비누향기 좋네.'

점점 무성해지는 나무 그늘에 주위가 어둑해졌다. 서로의 시선이 서로를 스치고 다시 주위를 돌아보는 그때였다. 뭔가 바람 같기도 하고 물결 같기도 한 느낌이 쏴아악 지나갔다.

'응?'

'뭐지?'

그 정신머리 이상하다는 요정이 나타날 것 같아 풀잎은 눈을 이리저리 돌렸다. 하지만 아무런 모습도 보이지 않고 그저 한 걸음 옆에서 어정쩡히 자신을 보는 풀잎 자신의 모습이…보이는 건…왜일까….

'어?'

한은 움찔하며 풀잎을 바라봤다. 풀잎도 눈을 동그랗게 뜨고 한을 응시했다. 둘을 똑같이 주춤하더니 각자의 몸을 살폈고, 이내 흠칫하며 다시 서로를 쳐다봤다. 둘은 영혼이 바뀌어 있었다.

'헉…'

'뭐어…'

한의 몸으로 들어온 풀잎은 눈앞에 서 있는 본인의 모습을 멍하니 바라보았다. 마치 거울을 보는 것 같은데 거울 속의 자신이 저 혼자 눈을 깜빡거리고 있었다.

풀잎 속으로 들어온 한 역시 그렇게 객체화된 자신의 모습을 어리벙벙히 바라봤다.

'뭐야….'

그리고 달라진 자신의 몸을 둘러보았다.

"만지지 마!"

갑자기 한이 풀잎을 향해 소리쳤다. 가슴을 만져보려던 풀잎은 머뭇하며 고개를 들었고, 놀란 둘은 그제야 서로의 영혼이 뒤바뀌어있는 현실을 체감했다.

"허억…."

"허어억…."

둘은 얼빠진 얼굴로 서로를 보고 자신을 보고 다시 서로를 바라봤다. 아무리 봐도 분명 자신인데 그러나 눈앞의 자신은 더 이상 자기 자신이 아니었다.

"만지지 말라니까!"

한이 재차 풀잎을 향해 소리쳤다.

풀잎은 멀뚱한 표정으로 손을 멈췄고, 한은 얼굴이 급속히 붉어지며 부들부들 중얼거렸다.

"만지기만 해봐…. 만지기만…."

할 수 없이 풀잎은 가슴을 만지는 대신 고개를 숙여 뭔가 허전한 아래쪽을 내려다봤다. 이에 또 한이 득달같이 외쳤다.

"뭘 봐! 뭐하러 봐! 만지기만 해 봐!"

한의 얼굴이 붉으락푸르락해짐에 풀잎은 알았다고 고개를 끄덕였다. 하지만 갑자기 여성의 몸이 된 게 너무 황당하고 어이가 없어 자신도 모르게 봉긋한 가슴을 내려다봤다.

'우아….'

그런 풀잎처럼 한도 어처구니가 없다는 듯 자신의 몸을 살폈다. 십중팔구 미치광이 요정의 마법일 터였다.

'이런….'

인상을 쓰던 한은 풀잎이 몰래 엉덩이 만지고 있자 꽥 소리를 지를 뻔했지만 꾹 참았다. 꾹 참고 앞쪽을 가리켰다.

"일단…."

계속 걸어가 보자고 상기된 얼굴로 말했다. 풀잎은 엉덩이에서 손을 떼고 고개를 끄덕였다.

그렇게 둘은 내 몸이 내 몸 같지 않고 남의 몸이 내 몸 같은 얼빠진 혼돈 속에서 걸음을 옮겼다.

'이게 대체 무슨….'

'우와아….'

서로의 고동소리도 신기했다. 그리고 잠시 후 어둑한 녹음을 벗어나 밝은 햇살이 비치는 숲길로 나왔을 때, 둘은 갑자기 움찔하며 서로를 쳐다봤다.

'어!'

'뭐!…'

재빨리 각자의 몸을 보았다. 원래대로 돌아온 거였다.

한은 몸을 돌려 아래쪽을 만졌고, 풀잎은 자신의 얼굴과 가슴과 머리칼을 매만진 후 실존적 정체성을 회복한 듯 긴 날숨을 풀어냈다.

'맞네. 나네.'

'우와, 환장하겠네.'

둘은 그렇게 콩닥거리는 심정으로 심호흡을 하며 햇살 가득한 숲길을 돌아봤다. 어처구니가 없었지만 어쨌든 미치광이 요정의 영역으로 들어온 건 확실해 보였다.

'젠장…. 정신상태가 그렇다더니 혹 변태나 뭐 그런 거 아냐? 응?'

풀잎은 뒤죽박죽이 된 심정으로 날숨을 토한 후 다시 앞쪽을 가리켰다.

"가요."

"웅. 아니 네."

둘은 혹시 또 바뀌면 어쩌나 하는 표정으로 조심조심 나아갔다. 한 걸음 또 한 걸음, 그러다 조금 너른 풀밭으로 나섰을 때였다. 갑자기 주위에서 넝쿨들이 우르르 돋아나더니 파도처럼 몰려왔다.

"뭐야!"

"어어!"

놀란 한은 풀맆 옆으로 다붙었고, 풀맆은 즉각 두 손을 뻗어 마법력을 발했지만 방어막이 나타나지 않았다. 다시 두 손을 내뻗었지만 봉인이라도 돼버린 듯 아무런 힘도 발현되지 않음에 표정이 멍해졌다.

그 사이 넝쿨들은 사방을 휩싸왔고 하필 둘이 흠칫하며 서로에게로 돌아섰을 때 와락 묶어버리는 바람에 둘은 한몸처럼 딱 붙어버렸다.

"헙…!"

"흐읍…!"

맞붙은 가슴에 놀란 것도 잠시, 온몸을 휘감아 오는 넝쿨에 둘은 볼까지 찰싹 붙인 채 옴짝달싹도 못했다.

'이 미치광이 요정이 진짜!'

'허어억…'

'이 빌어먹을 요정! 손님을 이렇게 맞이해도 되는 거야? 응? 이 변태 같은 놈이 어디서 구경하고 있는 거 아냐? 으응!'

입술을 깨무는 풀맆과 달리 한은 온몸에 꼭 맞닿은 자신의 몸인지 타인의 몸인지 모를 그 일체감과 고운 머릿결에서 나는 비누 향에 서둘러 마음을 다스리려 했지만 잘 되지 않았다.

'진정, 진정, 진정…'

몸 어딘가가 자꾸 분홍빛 만세를 부르려 했다.

'진정!'

그때였다. 어디선가 바람을 타고 부드러운 여성의 목소리가 들려왔다.

"지금 여기서 뭐하는 거야?"

둘은 움찔했다. 바로 직후 한이 헉! 숨을 집어삼키며 놀람을 표현하자 볼을 맞댄 채 반대 방향을 보고 있던 풀잎이 밀착된 얼굴을 힘겹게 돌려 퉁! 하고 같은 방향을 바라보았다.

"어?"

서너 걸음 앞에 웬 여자가 팔짱을 끼고 있었다. 그런데 그녀는 등 뒤로 커다란 검푸른 날개를 펼쳐져 있었고 무릎과 팔꿈치엔 검푸른 가시가 뾰족뾰족 나 있었다.

미치광이 요정의 부하인 듯싶어 풀잎이 얼른 말을 건넸다.

"안녕하세요. 저희는 요정 도르덴님을 만나러 왔는데요. 혹시 여기가 그분이 사시는 곳 맞나요?"

"그런 놈 난 모르는데. 왜?"

"예?…"

멀뚱해지는 풀잎에 검푸른 날개 여자는 입술을 비죽 내밀었다. 침입자를 옭아매려고 설치한 마법의 넝쿨에 웬 남녀가 배꼽을 맞대고 있었다.

"아우, 꼴도 보기 싫어."

날개 여자는 손을 까딱했고 그러자 넝쿨들이 확 풀렸다. 한과 풀닢은 주춤하며 서로에게서 떨어졌고, 날개 여자는 다시 한번 손가락을 까딱했다. 그러자 둘의 옷이란 옷과 속옷까지 모조리 실무더기가 되어 후루룩 쏟아졌다.

"어멋!"

느닷없는 알몸의 출현에 풀닢은 번개같이 웅크리고 앉았고 한은 실들이 엉켜있는 자신의 가운데 다리를 내려다보더니 한 박자 늦게 주춤 앉았다.

풀닢은 놀람과 창피함에 얼굴이 급격히 빨개지며 날개 여자를 쳐다봤다. 그런데 여자는 보이지 않고 대신 이상하게 생긴 괴물이 그 자리에 있었다.

'어…'

머리는 악어 같았다. 몸통은 가재를 닮았고 우람한 두 다리 위에 팔은 양쪽에 세 개씩, 총 여섯 개가 달린 괴물이 혀를 내밀고 있었다.

"이거 상당히 먹음직스러운데?"

한과 풀닢은 창피함보다 생존 본능에 따라 벌떡 일어섰다. 그러자 괴물이 팔랑 넘어가며 말쑥하게 생긴 귀공자 같은 젊은이로 화했다.

"……."

"……."

발가벗은 둘은 멍하니 서 있다가 귀공자가 다감이 미소 짓자 풀잎이 먼저 가슴을 안고 주저앉았다.

'허억…'

한도 쪼그리고 앉았다.

귀공자는 두 알몸을 번갈아보다 풀잎에게 다정한 시선을 보냈다.

"저를 만나러 오셨습니까? 혹시 풀잎 아가씨이신가요?"

풀잎은 정신이 휭 나간 얼굴로 쳐다봤고 귀공자는 웃으며 고개를 끄덕였다.

"맞군요. 죄송합니다. 동물이나 침입자를 막기 위해 쳐놓은 마법의 넝쿨인데 하필 두 분이 잡히셨네요. 마법력도 봉인이 되는 넝쿨인지라…"

입만 떡 벌리고 있는 풀잎과 한….

잡힌 건 잡힌 건데 검푸른 날개 달린 여자와 그 괴물은 뭐고, 또 미안해하는 이 잘생긴 귀공자는 어떤 존재인지 도무지 정신을 차릴 수가 없었다.

"환영합니다."

그 말과 함께 귀공자는 술 취해 눈빛이 흐릿한 중년 요정으로 화했다. 그가 밀려오는 술 냄새만큼 멍청하니 웃었다.

"어서 와. 할머니한테 이야기 들었어. 내가 바로 미치광이 요정 도르덴이야."

도르덴은 반갑다며 손을 내밀었지만 알몸 남녀는 그제야 콩

닥콩닥 뛰는 가슴을 느끼며 시선을 피했다. 실오라기 하나 없
는 순수한 육체가 무릎과 무릎 사이에 더없이 따끈했다.

요정 도르덴의 집은 숲속의 아담한 저택이었다.

그런데 술 취한 도르덴이 실무더기가 된 옷을 제대로 원상복
구를 하지 못하자 할 수 없이 둘은 뒤죽박죽이 된 실 뭉치를 품
에 안고 저택까지 뛰었다.

'이러언!'

'어우야!'

그런 후 풀잎과 한은 각각 일층과 이층의 목욕실에서 황황한
심정으로 목욕을 했고, 그 동안 귀공자가 원상태로 돌려놓은
각자의 옷을 차려입고서 말쑥해진 모습으로 일층 응접실에서
다시 만났다.

시선이 닿자 둘은 서로를 외면했다. 알몸으로 실 뭉치를 안고
뛰어오다 엉덩이가 부딪힌 기억도 그렇지만, 대체 이 무슨 기가
막히고 코가 막히는 상황인지….

"자, 앉아."

네모난 탁자를 사이에 두고 맞은편엔 도르덴이, 이편엔 한과
풀잎이 나란히 앉았다. 들릴 말 듯 심란한 숨소리가 풀잎을 감
싸고 있었다.

"……."

한은 조심히 시선을 돌려 집안 내부를 둘러보았다. 창가에 하얀 커튼이 미풍에 흔들리고, 시간이 아주 오래된 듯 고풍스러운 응접실은 그 느릿한 흔들림이 내어주는 늦은 오후의 햇살에 말없이 빛나고 있었다.

생경하면서도 뭔가 권태로운 듯 보이는 그 분위기를 돌아보다 한은 바로 옆에 앉아 있는 풀잎을 보았다.

공주님만 같은….

창피한 기억을 떠올리는지 그녀의 얼굴이 발그레했다. 시선을 거두며 한의 가슴도 그 기억의 바람에 반짝거리는데….

"자, 마셔."

도르덴이 준비한 차는 달달하니 향기가 좋았다.

술 취한 요정은 또 술을 마셨다.

풀잎은 그 모습을 불안과 궁금함이 엉키는 시선으로 바라보았다. 도르덴은 세 잔을 연거푸 마신 후 전형적인 술주정뱅이 같은 모습으로 말했다.

"궁금하지? 내가 왜 이 모양인지?"

술에 찌든 모습을 말하는 건지, 알 수 없는 또 다른 존재들로 변하는 걸 말하는 건지 헷갈렸다.

"내가 이 모양이 된 이유는…. 사고라면 사곤데…."

오래전 도르덴은 친분이 있는 마법사 둘과 셋이서 서로의 영혼을 조금씩 나눠가지는 새로운 마법을 연구했더랬다.

한 마디로 필요에 따라 각각의 존재로 화해 그 능력을 사용할 수 있게 되는 다채로운 존재가 되는 마법이었다.

나중에 그 능력을 공유하고 싶은 이계의 무사가 합류해 넷의 영혼으로 공동 작업을 했는데, 중간에 예상치 못한 마법력의 폭발로 그 모두가 한데 뒤엉켜버린 사태가 발생한 것이었다.

"그래서 이 모양이 됐어. 해결책은 안 보이고, 할 수 없이 영혼 넷이 함께 공동생활을 하고 있는 셈이지."

순간 도르덴의 모습이 팔랑 바뀌어 아까 그 검푸른 날개 여자로 화했다. 그녀는 탁자 위로 다가들더니 상글거리는 얼굴로 말했다.

"반가워. 난 화야닐이야. 이계의 마법사지. 근데 우리 자기, 아까 보니까 부르알이 되게 튼실하더라. 이따가 내가 한번 만져봐도 돼?"

찻잔을 든 채 한은 멍한 얼굴이 되었다. 풀립은 이계의 마법사란 말에 침을 꼴깍 삼켰다. 이계의 마법은 본 적은 없지만 파괴적이며 또 이상야릇하다고 했다.

'부르알…'

아줌마처럼 상글거리던 날개 여자는 곧 그 착실하게 생긴 귀공자로 화했다. 귀공자는 다감하면서도 예의 바른 목소리로 말했다.

"다시 만나 반갑습니다. 아까 그 실 무더기는 제가 깨끗이 빨아 마법의 바람과 햇살로 급속 건조를 시켜놨는데 착용감이 어떠십니까? 참고로 이런 말씀 드리기 좀 그렇지만 건조 중에 화야닐님께서 두 분의 속옷 실 뭉치를 뒤적거리다 섞어버린 바람에 양측의 속옷 일부가 교환되어 무늬가 살짝 달라져 있음을 양해 부탁드립니다."

지금 입고 있는 빤스에 상대의 빤스가 일부 섞였다는…. 한은 모호하게 쭈뼛거렸고 풀잎은 조용히 입술만 깨물었다. 영혼이 뒤엉킨 도르덴을 만나니 빤스가 뒤엉킨 것만 같았다.

귀공자는 그런 둘을 보며 미소 짓다가 그림책이 팔랑 넘어가듯 모습이 바뀌었다.

나타난 이는 머리칼이 하얗게 센 노마법사.

눈빛도 흐릿한 노인은 주위를 둘러보더니 이렇게 말했다.

"여기가 어딘가? 댁들은 뉘시고? 가만…. 나는 누구지?"

어리둥절해 하던 노인은 팔랑 넘어가 도르덴이 되었고, 술 취한 요정은 혀 꼬부라진 소리로 답했다.

"누구냐면 아인 선생이라고 내 동료였는데 이젠 나이가 많아 기억력이 가물가물해. 사고의 여파도 있고. 뭐 그래도 한땐 꽤 유명했지."

한은 그런가 보다 했지만 풀잎은 입을 떡 벌리고 말았다. 아인 선생이라면 거의 전설급인 대마법사였다. 행방불명이 됐다고 했는데….

'세상에…. 여기 있었구나….'

놀람이 정리될 새도 없이 다시 그림책이 팔랑 넘어가며 악어 얼굴에 팔이 여섯 개가 달린 그 괴물이 나타났다.

한과 풀잎은 움찔했고 괴물은 송곳 같은 이빨을 드러내며 씩 웃었다.

"내 이름은 알 필요 없다. 그냥 너희들 관점대로 괴물이라 불러라. 그리고 조심해라. 기분 나쁘면 잡아먹을 수도 있으니까."

귀공자가 나타나 진지한 얼굴로 말했다.

"거짓말이 아니니까 조심해야 합니다. 이계에선 꽤 이름이 알려진 강력한 무사죠."

놀라운 존재들의 연이은 자기소개에 한과 풀잎은 벙하니 입만 벌렸다. 마치 술 냄새 나는 이상한 그림책이 몸속을 자라라락 보여준 기분이랄까.

마무리를 하듯 도르덴이 빈 잔에 술을 따르며 말했다.

"봤다시피 난 이렇게 넷으로 구성돼 있어. 생각이 많아지면 하나도 머리가 아픈데 넷이나 되니 아래층 위층 되게 번잡하지. 자기소개는 뭐 이 정도로, 대충 파악이 되지?"

창가의 햇살이 점점 주황색으로 물들고 있었다.

도르덴은 빛바랜 그림책 같은 표정으로 술을 마셨다.

할 말을 찾지 못하던 풀잎은 문득 미치광이 요정의 자기 구성에 의아함을 느꼈다.

'넷? 다섯 아닌가?'

날개 달린 여자, 이계의 괴물, 귀공자, 노마법사, 그리고 눈앞의 술 취한 요정까지… 다섯인데?

풀잎은 조심히 물었다.

"다섯이신데…"

"응?"

"공동생활 거주자 분들이 귀공자 같은 분까지 해서 총 다섯이신데."

"아아, 걔. 걔는 나야."

"네?"

"걔는 나 자신이라고. 내 영혼의 일부. 그러니까 내가 그 사고 이후로 사십 년째 술주정뱅이 생활을 하고 있는 중이라. 마음도 좀 심란하고. 그래서 혹 정신줄을 놓을까 만들어 놓은 내 희망사항 같은 모습이야."

"……"

"뭐, 좌우명 같은 친구라고 해야 할까? 우리가 보통 내가 이런 모습이었으면 좋겠다, 하는 거 있잖아. 착실하고 반듯하고 다정하고 또…. 물론 그렇게 잘 되진 않지만."

영혼의 일부를 떼어내 또 다른 자신을 만들어 놓은 거라는 도르덴의 설명에 풀잎과 한은 조용히 서로를 돌아보았다. 신기하고도 황당한 신세계를 마주하고 있는 기분이었다.

아무튼 풀잎은 이제야 이해가 된다는 듯 고개를 끄덕였다.

"그렇군요. 희망사항…"

"참, 그나저나 할머니는 잘 계셔? 옛날에 나한테 홀딱 반해가
지고 제발 데리고 살아달라고 하도 애원해서 내가 되게 곤란했
거든. 뭐 이젠 다 옛날이야기지만."

풀잎은 살짝 보로퉁해졌다.

할머니가 차였다더니 사실인 모양이었다.

도르덴은 술을 한번에 주욱 들이킨 후 트림 소리와 함께 물
었다.

"그건 그렇고 둘은 애인 사이야?"

풀잎이 번갯불처럼 반응했다.

"아니에요!"

그녀의 즉각적인 정색에 한은 뻘쭘해 했다.

도르덴은 의아하다는 듯 물었다.

"그럼 왜 둘이 같이 온 거야? 화야닡이 그러는데 둘이 딱 꼴
보기 싫은 애인 같더라는…"

"그, 그게 아니라…"

풀잎은 손을 흔들며 서둘러 해명을 했다.

"그냥 어쩌다보니 행선지가 같아서 같이 오게 된 거예요. 만난 지 이틀밖에 안됐어요. 정말 아무 사이도 아니니까 오해하지 말아주세요."

"응, 알았어. 근데 왜 얼굴이 붉어지고 그래? 술 마셨어?"

풀잎은 안색 조절 마법을 배우지 못한 걸 후회했다.

한은 조용히 웃음을 참았다.

도르덴이 그런 한에게 물었다.

"그래, 행선지가 같다면 자네도 굴락에게 가나?"

"네."

"왜?"

"아…"

한이 대답하려는 찰라 풀잎이 불쑥 답했다.

"그게 아니라 아룬산에서 어떻게 한몫 단단히 잡아서 고향에 있는 여자 친구한테 목걸이고 빤스 사다줄 생각이래요. 여자 친구 빤스 사다주려고 그 위험한 데를 가는 거래요. 바보같이."

일러바치듯이 말했다. 물론 말하고 보니 자신이 왜 그랬는지 눈빛이 살짝 흔들리긴 했다. 둘이 아무 사이도 아니란 걸 강조하고 싶었던 걸까.

그때 그림책이 팔랑 넘어가듯 화야닐이 나타났다. 화야닐은 눈을 동그랗게 뜨며 앞으로 다가들었다.

"빤스으? 어머나, 우리 자기 되게 낭만적이다. 자기야, 나도 하나 사다주면 안 될까?"

"예? 아…. 뭐, 그래도 되죠."

"어머 고마워라. 근데 우리 자기는 어떤 색깔 좋아해?"

"아아…. 부, 분홍이요."

풀잎은 고개를 돌려 한을 빤히 쳐다봤다. 개나리색 아니냐는 그 안광에 한은 주춤 시선을 피했다. 맞은편에서 화야닙이 손뼉을 치며 반겼다.

"그거 내가 좋아하는 색인데! 자기야, 한 장 말고 여러 장 사다주라."

한은 풀잎의 눈치를 살피며 고개를 끄덕였다.

"무, 물론, 원하신다면…."

"호호호, 상냥하기도 해라. 생긴 것도 곱상하고 부르알도 튼실하고. 자긴 딱 내 취향이야."

화야닙은 손을 뻗어 한의 볼을 만지려 했다. 한은 쭈뼛거리며 몸을 뒤로 젖혔고 그러자 그녀의 팔이 고무처럼 주우욱 길어나 끝내 볼을 만졌다.

"촉감 좋네. 부르알도 이래?"

한은 눈을 동그랗게 뜨고 답했다.

"아, 아니요."

"이런 부끄럼쟁이. 호호호."

화야닡은 다른 팔까지 주우욱 내밀어 한의 양 볼을 주물럭거렸다. 풀닢은 얼굴이 울긋불긋해지며 그 꼴불견을 외면했다.

'기가 막혀서….'

예상치 못한 미치광이 요정의 상태와 그 공동생활 거주민의 호호호 웃음소리에 정신이 어수선해지고 호흡은 가빠질 것만 같았다.

하얀 꽃무늬 커튼 위로 석양이 밀려들고 있었다.

풀닢은 시무룩했다.

대략 자기소개를 마친 후 곧바로 아룬산으로 공간이동을 해 굴락을 만날 준비를 할 줄 알았는데, 도르덴이 술에 찌든 얼굴로 도리질을 했기 때문이었다.

"위험하다구."

여러 영혼이 한데 뒤엉켜 있는 게 문제였다. 공간이동의 별바다를 날아가다 혹 다른 영혼이 튀어나오기라도 하면 자칫 영영 빠져나오지 못할 수도 있다는….

"기억이 오락가락하는 아인이나 마법력이 약한 괴물 친구가 튀어나오거나 하면 말이야."

"그럼…."

"어쩔 수 없지. 그냥 비행마법으로 날아가는 수밖에."

"아…."

그때 귀공자가 희망사항처럼 나타났다.

"걱정하지 마세요. 제가 두 분을 안고 번개처럼 날아가면 한나절이면 당도할 수 있습니다."

풀잎은 희망하듯 밝아졌는데 곧바로 화야닐이 어림 반 푼어치도 없다는 듯 턱을 괴었다.

"내가 뭐 하러?"

"네?"

"난 꽃구경도 하면서 유람하듯 천천히 갈 거야. 간만에 바람 쐬러 나가는데 번개같이 휙휙 갔다 오는 건 말도 안 되지."

"죄송하지만 제가 사정이 급해서…."

"그건 내 알 바 아니고."

화야닐이 사라지고 다시 귀공자가 나타났다.

"오늘은 일단 쉬시지요. 시간도 그렇고 도르덴님도 술이 좀 과하셔서요. 화야닐님과는 제가 따로 이야기를 나눠보도록 하겠습니다."

창가의 노을이 말없이 붉었다.

풀잎은 시무룩이 고개를 끄덕였다. 그러다 한을 새침하게 돌아봤다.

"뭐가 좋아서 그렇게 웃고 있어요?"

하지만 도르덴에게서 술을 몇 잔 얻어먹은 한은 그저 이 모든 게 꿈이나 환상만 같아 자꾸 웃음이 흘러나왔다.

"모르겠어요. 그냥…. 가슴이 텅 빌 뻔했는데 만져보면 이렇게 기분 좋게 뛰고 있고…. 고마우신 풀잎 아가씨는 조금 새침하긴 하지만 그래도 이렇게 바라보면 또 하염없이 감사하고…. 삶이, 그리고 이 순간이 뭐라 말할 수 없이 신기하고 또 아름다운 것 같아요."

풀잎은 뭐라 할 말이 없어졌다. 괜히 입술을 비죽 내밀고 싶은데 또 괜히 가슴이 뭉클거리는 것도 같아 기분이 좀 이상했다.

그때 화야닐이 날개 끝을 오므려 한에게 부채질을 했다.

"아이 우리 자기, 술 한 잔 하더니 얼굴이 발그레하니 예쁘네. 기분 좋아?"

"그렇죠."

"그래 자기야. 인생 별거 없어. 그냥 먹고 노는 게 최고야. 사랑하고 배부르고 그러면 장땡이라고."

한은 해낙낙하니 웃었고 화야닐은 손을 뻗어 그런 한의 볼을 또 만졌다.

"우리 자기 잘생겼다."

"그런 말 좀 들어요."

"부르알도 튼실하고."

"하하…. 부끄럽네요."

풀잎은 어이가 헤맬 것만 같은 표정으로 그들을 외면했다.

'놀고들 있네.'

붉은 노을 속으로 모질이들의 웃음소리는 화기애애했고 빈 찻잔을 만지작거리던 풀닢은 갑자기 술이 마시고 싶어졌다.

창밖에 초저녁 별들이 떴다.

뾰로통하던 풀닢은 술을 두어 잔 마시더니 한처럼 해낙낙해졌다.

"따라 봐요."

"가슴이 고동칩니다."

귀공자는 풍성한 저녁상을 차렸고 둘은 도르덴과 함께 배불리 먹고 마시며 '부어라!'를 외쳤다.

"잔이 비었잖아요!"

"가슴이 고동칩니다!"

결국 해롱해롱해진 한과 풀닢은 서로 어깨동무를 한 채 이층으로 올라갔고, 각자의 방으로 들어가자마자 침대에 쓰러져 정신없이 곯아떨어졌다.

그렇게 밤이 깊었다.

그리고 새벽녘….

한이 잠든 방으로 이계의 괴물이 들어왔다. 잡아먹으려는지 입을 쩍 벌렸지만 어느새 화야닐이 빙그레 웃으며 한의 볼을 어루만졌다.

귀공자는 이불을 가지런히 해주며 미소 지었다.

'영혼이 맑으시네.'

잠시 후 옆방으로 스며든 요정 도르덴은 잠든 풀잎의 모습에 쓸쓸히 웃었다. 할머니의 파릇한 시절 때와 어쩜 이리 닮았는지…. 바람만 덜 피웠어도 이런 손녀딸이 있었을 텐데….

다정히 지켜보다 돌아가려 했는데 문득 화야닢이 궁금한 얼굴로 다가 들었다. 조심히 이불을 걷고 잠옷 치마도 걷어 풀잎의 속옷 색깔을 확인했다.

분홍빛 빤스에 노마법사 아인은 당황하며 물러섰고, 귀공자는 다시 다가와 잠옷 치마를 내려주고 이불도 가지런히 덮어준 뒤 조용히 벽을 통과해 아래층으로 내려갔다.

서로가 화목해지는 별빛 한 잔

아침 햇살이 이제 막 동산을 넘어오는 시각.

평소 밭일 때문에 일찍 일어나는 한은 동이 트기 전 이미 말끔하게 차려입고서 일층 탁자에 앉아 있었다.

그리고 지금 계단을 내려오는 풀잎을 반갑게 바라봤는데, 아직 덜 마른 젖은 머리칼을 찰랑이는 모습에 가슴이 기우뚱했다. 주춤 시선을 거뒀다.

"……."

풀잎은 은은한 비누 향과 함께 한의 옆에 앉았다.

한은 그 비누 향에 몸이 둥실 떠오르는 기분이 들었다.

귀공자는 탁자 위에 간단한 아침 식사를 차렸고 둘은 감사를 표한 후 수저를 들었다.

그런데 함께 식사를 할 줄 알았던 귀공자는 어느새 맞은편에 화야닙으로 앉아 뜨뜻미지근한 표정을 짓고 있었다.

"어서 먹어. 바쁘다며."

한은 잘 먹겠습니다, 풀잎은 어색한 기분으로 식사를 했다.

화야닐은 그런 둘을 지그시 구경하며 손가락으로 검푸른 머리칼을 돌돌 말았다.

뭔가 궁리를 하는 눈빛 같은데….

풀잎은 그 시선이 불편해 밥이 잘 넘어가지 않았다. 하여 어젯밤 꿈속에서 자신의 다리에 오줌을 누던 개 한 마리를 떠올리며 밥을 먹었다. 몰입하다 보니 다리가 약간 뜨끈해지는 착각도 들었다.

"흠."

그렇게 식사를 마치고 달달한 차를 한 잔 마실 때쯤 앞 머리칼을 다 돌돌 말아놓은 화야닐이 말쑥한 귀공자로 화했다.

풀잎은 즉각 잔을 내려놓고 가방을 짊어졌다.

"일단 출발하시죠? 한, 어서."

어제부터 화야닐이 꽃구경이니 유람이니 하는 게 아무래도 신경이 쓰여 풀잎은 일단 출발부터 하기로 했다.

"자, 빨리."

셋은 도망치듯 요정의 집을 나서 결계의 문을 향해 걸음을 재촉했다. 하지만 금방이라도 다시 화야닐이 튀어나와 꽃 타령을 할까봐 풀잎은 연신 귀공자를 흘끔거렸다.

'진짜 이게 도움을 받는 건지 뭔지….'

어수선한 심정으로 빠르게 숲길을 나아가던 풀잎, 잠시 후 녹음이 짙어지는 숲에서 별안간 흠칫하며 걸음을 세웠다.

'잠깐…! 허어억…'

어제의 기억이 번갯불처럼 지나갔다. 하지만 그땐 이미 늪에 빠진 것처럼 또 서로의 영혼이 바뀌어 버린 후였으니 풀잎은 입을 떡 벌린 채 자신의 몸을 내려다보았다.

다행히 어제처럼 한의 몸뚱이였다.

고개를 드니 네댓 걸음 앞에 풀잎 자신의 뒷모습이 보였다.

'한? 아니면 귀공자?'

그런 생각으로 옆을 돌아봤는데 당연히 귀공자가 있을 거라 생각한 그곳엔 어느새 화야닐이 번갯불을 맞은 양 벙한 얼굴로 서 있었다.

'어어…'

당황하며 다시 앞을 보니 풀잎 자신이 천천히 돌아서고 있었다. 마주한 그 표정은 한눈에 봐도 딱 문제적 그녀였고, 그녀는 너 딱 잘 걸렸다는 듯이 웃고 있었다.

'허억…'

한은 벌린 입을 더 크게 벌렸다.

풀잎은 화답하듯 눈웃음을 치더니 두 손을 들어 자신의 가슴을 옴쭉 만졌다.

'야아!'

한은 놀라 소리를 지르려 했지만 입술만 파들거렸고 '어딜 만져!' 소리는 머릿속에서만 울려 퍼졌다.

풀잎은 가슴을 조물조물 만져보더니 가소롭다는 듯이 픽 웃었다. 한은 현기증이 나는 얼굴로 입술을 바르르 떨었다.

'내가 진짜…'

그러다 옆을 돌아보니 검푸른 날개 여자가 딱 바보 같은 한의 표정으로 가슴을 만지고 있었다. 풀잎은 자신도 모르게 욕이 튀어나오려 했다.

'이 개…!'

그때였다. 풀잎이 생글거리며 걸어오더니 움찔하는 한 앞에 떡하니 섰다.

'뭐…'

한은 두려움을 느끼며 물러서려 했는데, 순간 풀잎이 와락 끌어안으며 그대로 입을 맞춰 버렸다.

'허억!'

한은 허리가 꺾이며 벼락을 맞은 양 경직됐고 재차 그 번갯불에 사지가 흔들리며 머릿속이 하얗게 채색됐다.

'허어억…'

그 광경에 화야닐 속의 한은 전율하듯 날개를 움츠렸다. 몸과 영혼이 분리되어 있지만 실제로 자신이 저렇게 옴쏙 안겨 있는 것 같은 정신적 숨 막힘을 느꼈다.

'워어어…'

그렇게 한참만 같은 찰나 후, 뒤늦게 눈을 번쩍 뜬 한은 상대의 머리통을 후려갈기려 주먹을 움켰는데…. 생각해보니 자기 자신이었다.

풀잎은 그런 한을 더욱 깊이 끌어안으며 아득하게 빨아들였고, 한은 그 현란한 애무에 눈빛이 뒤로 넘어가며 오금과 두 손을 바들거렸다.

'허어어억…'

그러다 다시 눈을 번쩍 뜨고 주먹을 치켜들었지만, 그러나 상대는 소중한 자신의 육신이었다.

'꺼어억…'

한은 이러지도 저러지도 못하며 눈빛이 흐무러졌다.

풀잎은 그 영혼을 햇살 같은 입놀림으로 하얗게 녹여버렸으니, 그 모습을 보는 화야닡은 마치 자신이 그처럼 녹아나고 있는 양 가슴을 떨고 날개를 파들거렸다.

그렇게 얼마나 좋기도 하고 야릇하기도 한 시간이 숨넘어갈 듯 흘렀다.

이내 배가 부른 풀잎은 한껏 만족해하는 표정으로 한을 풀어주었고, 한은 얼빠진 얼굴로 한 걸음 두 걸음 세 걸음 물러나다 비틀…했다.

풀잎은 화야닡을 돌아보며 환히 웃었다.

"아아, 달콤해. 맛있었어."

화야닡은 누가 달콤하고 누가 맛있었다는 건지 알 수가 없었다. 그저 본래의 자신이 넋 나간 얼굴로 입술을 훔치고 있는 걸 보노라니 심장이 다섯 개인 화야닡의 고동소리가 온 가슴을 우당탕탕거렸다.

풀닢은 기분 좋이 날숨을 쉬며 말했다.

"우리 자기가 원하는 게 이거였지? 아까 둘이 밥 먹을 때 내가 자기를 위해 해줄게 뭐가 있을까 하고 궁리를 했거든. 그래서 여길 생각했어. 어때? 괜찮았어? 추억이란 게 꼭 직접 해야만 하는 건 아니잖아?"

추억….

이게 추억인가. 직접 경험하지 못한 추억은 꿈같은 건데, 다만 그 꿈이 진짜처럼 너무 생생하다보니 가슴이 또 우당탕탕거렸다.

"자, 바라던 거 해줬으니 이젠 내가 원하는 거 해줘. 나 자기랑 꽃구경 갈래."

화야닡 속의 한은 어이가 없었다. 꿀은 누가 다 빨고 또 꽃구경도 가자는 건지….

반면 한 속의 풀닢은 온몸이 파르라니 떨리는 가운데 다시 한번 입술을 닦았다.

분명 당한 것인데, 당했다고 주장해야 맞는데 앞에서 실실 웃고 있는 풀잎 자신을 보노라면 도무지 피아 구분이 안 돼 그저 황황하고 어이가 없었다.

더해서 저 아래 다리 사이에서 뭔가가 점점 커지며 신비한 존재감을 드러내려 하니….

'내, 내가 진짜….'

바락 소리를 질러버리고 싶은 심정을 가까스로 누르고 한은 정신을 다독였다. 심호흡을 했다. 그리고 이 혼돈의 세계를 탈출하기 위해 후들거리는 걸음을 옮겼다.

'가자….'

튀어나올 것만 같은 그 놀라운 팽창감에 한은 엉거주춤 걸어갔다. 풀잎은 피식 웃으며 그 뒤를 따랐고 가슴과 허리와 엉덩이를 만져보며 또 피식거렸다.

화야닢은 그런 둘을 신기방기한 표정으로 따라가다 등 뒤에서 살랑살랑 움직이는 검푸른 날개에 더욱 신기방기해 했다.

'우와….'

그리고 잠시 후, 어둑한 숲 그늘을 벗어나 영혼이 원래대로 돌아오자 풀잎은 흠칫하며 자신의 몸을 확인했다. 즉각 이글거리는 눈으로 한과 화야닢을 쏘아보았다.

한은 괜히 죄 지은 듯 시선을 피했고 화야닢은 나 몰라라 생글거리며 혼잣말을 했다.

"사랑꾼이야, 나는. 사랑시켜 주는 사랑꾼. 아이 좋아."

사랑꾼이 사랑시켜 줘 사랑당한 한은 기분이 참 오묘했다. 아직 남아 있는 육체의 떨림은 누구의 것이며, 몽글몽글한 입술의 감촉과 나풀나풀거리는 가슴의 물결은 또 누구의….

'신기하다…. 둘이 했는데 꼭 셋이 한 것 같은….'

풀잎 역시 갈피를 잡을 수 없는 육체적 정신적 혼란 속에서 가슴을 떨었다. 당한 건 분명 자신인데 실제로 당한 몸뚱이는 한이고 그를 덮친 건 풀잎 자신의 육체였다.

물론 가해 영혼은 화야닡이고 피해 영혼은 본인인데, 그걸 증명할 길이 없었다. 마치 배가 지나가고 흔적이 남지 않은 강물처럼 화야닡은 아까 밥 먹는 걸 물끄러미 지켜보며 이걸 기획했나 보았다.

'이익….'

'어우, 입술이 퉁퉁 부은 것 같아.'

'호호호.'

그렇게 셋은 저마다의 감정적 눈빛을 교환한 후 다시 걸음을 옮겼다.

풀잎은 더 이상 빨리 걷지 않았고 한은 입술을 빨아먹으며 아무 말이 없었다. 화야닡만 한의 팔을 잡고서 꽃놀이를 가자고 계속 바람을 일으켰다.

"결계의 문을 나가서 왼쪽으로 조금만 가면 하양 분홍 꽃들이 눈처럼 만발해 있는데 있어. 자기야, 거기 가서 화사한 꽃구경도 하고 애틋한 춘정도 만끽하자. 응? 자기야아."

자기야 소리를 서른 번 정도 듣고 결계의 문을 나서 본래의 세상으로 돌아왔다.

풀잎은 흐트러진 눈빛이 아직 제자리를 잡지 못했지만 애써 덤덤한 표정으로 말했다.

"저기, 이제 비행마법으로 날아갈 거예요. 한시 바삐 아룬산으로 가야 하거든요."

"싫어. 가고 싶으면 너 혼자 가. 우린 꽃구경 가서 이 봄날의 행복을 놓치지 않을 테니까. 그치 자기야?"

순간 눈빛의 초점이 딱 돌아오며 풀잎이 열 받은 듯 커다란 한숨을 내쉬었다.

'내가 진짜!'

그 바람에 그림책이 팔락 넘어갔을까.

화야닐이 사라지고 술 취한 중년 요정이 나타났다.

도르덴은 토할 듯 말 듯한 표정으로 가슴에 손을 얹더니 곧 우렁찬 트림과 함께 정신을 차렸다.

"미안해. 우리 풀잎이가 마음이 바쁜데 내가 이러고 있으면 안 되는데. 일단 둘이 가고 있어봐. 내가 화야닐이랑 좀 상의를 해볼게."

풀잎은 차라리 잘됐다며 고개를 끄덕였다.

"그렇게 하세요. 저희 먼저 가볼게요. 한."

풀잎은 어서 도망가자고 한의 옷을 당겼다.

도르덴은 도망치려는 둘을 멈춰 세웠다.

"잠깐만."

그리고 한을 향해 이쪽을 보라고 손을 까딱까딱하더니 손가락을 튕겨 별빛 하나를 날렸다.

별빛은 한의 가슴에 깨알 같이 부서지며 흉갑으로 척 붙었고 팔과 정강이에도 보호대로 화해 척척 붙었다.

"와…."

놀라워하는 한에게 도르덴은 검 한 자루와 날 수 있는 비행화도 주었다. 더해서 비행마법을 운용할 수 있는 한시적인 마법력까지 전해줬다.

"마음먹은 대로 날 수 있을 거야. 일단 풀잎이랑 둘이 가고 있어봐."

"우와…. 감사합니다. 고맙습니다. 제가 풀잎 아가씨를 하늘처럼 지키겠습니다."

눈 깜짝할 사이 달라진 한의 모습에 풀잎도 어색하게나마 미소를 머금었다. 하지만 그때 화야닐이 또 팔랑 나타나 불만 가득한 표정으로 팔짱을 꼈다.

"아니, 꽃구경 좀 하자는데 뭐가 급하다고 저래? 응? 자기 일만 중요하나? 딱 사회생활 안 해본 티를 내네, 티를 내. 안 그래요, 우리 자기?"

우리 자기는 그냥 허…하고 웃었다.

풀잎은 마음과 정신을 붙잡으려 아무 말도 안했다.

이에 귀공자가 밝은 표정으로 말했다.

"일단 두 분 먼저 가시는 걸로 하겠습니다. 금방 따라 가겠습니다."

"네, 알겠어요."

풀잎은 즉시 한을 붙들고 도망치듯 자리를 떴다. 날아가며 뒤를 돌아보니 화야닐이 날개를 푸드덕거리며 주먹 감자를 내밀고 있었다.

'환장하시겠네.'

봄날의 정신이 꽃놀이를 갔다 온 듯 환장하도록 날릴 것만 같았다.

시원한 봄바람이 머리칼을 날렸다.

풀잎은 심신의 혼돈 및 정신적 착란에서 벗어난 영혼의 해방감을 느꼈다.

'살 것 같아.'

더욱 다행스러운 건 마법에 재능이 있는지 한이 금세 비행마법에 익숙해진 것이었다.

물론 최고위급인 도르덴의 비행화 덕분이겠지만 속도 또한 지나가던 참새가 놀라 처다볼 정도로 빨라졌다.

"우와, 우와!"

이따금 휘청거리면 풀잎이 손도 잡아주며 둘은 사람들이 오가는 들길을 두 마리 새처럼 날아갔다. 물론 입술에 아른거리는 그 착란적 기억은 애써 떠올리지 않으려 노력했다.

'날씨 좋네⋯'

그렇게 언덕을 넘고 강을 건너 다시 산과 숲길을 날았고, 점심때가 되자 한적한 풀밭에서 귀공자가 싸준 점심을 펼쳤다.

날아오는 동안 별 말이 없었던 둘은 밥을 먹는 동안에도 조용했다.

"⋯⋯"

"⋯⋯"

그러다 한이 조용히 말문을 열었다.

"저기 아까⋯"

"밥이나 먹어요."

"네."

둘은 더 조용히 식사를 했다.

봄바람에 주위의 꽃들도 말없이 살랑거렸다.

풀잎은 식사 도중 틈틈이 주위를 돌아봤지만 귀공자도 날개 여자도 도르덴도 밥을 다 먹고 차도 한 잔 마실 때까지 아무도 나타나지 않았다.

'잘됐지, 뭐.'

빨리 연심의 별빛을 얻어 노심초사하고 계실 할머니께 돌아가야 하는데 무슨 속없는 꽃구경이란 말인가.

"후우!"

상쾌하게 식사를 마친 후 풀닢은 한을 재촉했다.

"그만 가요. 시간 없어요."

"넵!"

한은 호위무사라도 된 양 풀닢에게 경례를 했다. 풀닢은 그나마 없는 것보다 낫다는 생각으로 미소 지었다가 서둘러 덤덤해졌다.

"잘 어울리네요."

"그런 것 같아요."

한은 배시시 웃었다.

풀닢은 그런 한을 보며 웃을까 말까 했는데 그러다 보니 기분이 새로워지며 가슴이 미묘하게 흔들렸다. 왠지 한의 표정과 감정들이 공유되는 것 같은 묘한 착각이 들면서 시선을 하늘로 옮겼다. 투명한 푸른빛에 자꾸만 숨이 가빴다.

맞바람이 상쾌했다. 옷가슴도 팔랑거렸다.

풀닢은 한을 흘끔거리며 입술을 살짝 내밀었다.

'정말 마법에 재능이 있나? 잘 나네?'

고위급 마법사임에도 한 뼘 높이에서 비틀거렸던 자신과 달리 학자 집안에 철학을 공부한다던 한은 잠깐 사이에 유려한 비행을 선보이고 있었다.

물론 도르덴의 마법력 탓이 크겠지만 그래도 운용자의 정신이 잘 합일이 되지 않으면 땅으로 처박힐 수도 있는데, 한은 처음에만 불안정했을 뿐 지금은 오히려 자신보다 더 잘 나는 듯했다.

'쳇.'

그렇게 산을 넘고 구릉을 지나 다시 산들을 연달아 훌쩍 넘자 어느덧 하늘엔 늦은 오후의 해가 빛났다.

둘은 실없는 농담을 주고받으며 날아가다 문득 숲길 가에서 술을 마시고 있는 이들을 보았다.

십여 명 정도 되는, 마법사와 무사들이 섞인 이들이었다. 그들도 이쪽을 물끄러미 보았고 풀잎과 한은 그대로 지나쳐갔다.

하지만 풀잎은 뭔가 이상한 낌새에 즉시 속도를 올렸는데 아니나 다를까 그들이 곧 뒤쫓아 왔다.

"젠장."

"왜 따라오는 거죠?"

"뻔하죠. 뭔가 빼앗으려는 거죠."

약해 보이고 수가 적으면 발동하는 못된 존재들의 심보였다.

풀잎은 한의 손을 잡고 속도를 더 올리려 했는데 순간 앞쪽에서 마법사 셋이 확 나타나 길을 가로막았다.

"윽…."

허공에 급정지를 하며 돌아서니 뒤쫓아 온 마법사와 무사들이 금세 주위를 포위했다.

풀잎은 재빨리 그들을 살폈다. 이제 보니 마법사들뿐 아니라 검을 든 무사들도 마법을 운용할 줄 아는지 모두 허공에 떠 있었다.

'이러면 어려워지는데….'

심층 마법력을 전해줬지만 한은 그 힘을 운용할 줄을 몰랐다. 검술도 가장 기본적인 초급 수준이라 표정만으로도 날카로운 저들의 상대조차 되지 못할 거란 건 불을 보듯 빤했다.

'어떡하지?'

하지만 아직 주제 파악을 할 기회가 없었던 한은 도르덴에게서 받은 검을 움키며 앞으로 나섰다.

"무슨 일이오!"

흉갑이 햇빛에 반짝거렸다.

"먹던 술이나 먹을 것이지 왜 우리를 쫓아온 것이오! 안주가 부족하면 냇가에 가서 물고기나 잡으면 될 것을!"

그럴 듯한 기세에 풀잎은 입술을 모아 호 했다.

상대들도 조심하는 기색으로 눈치를 살폈으니 하룻강아지가 먼저 이빨을 드러내자 얼핏 범처럼 보인 까닭이었다.

한은 검을 챙! 내뽑아 그들의 얼굴을 향해 한 바퀴 비잉 돌렸다.

"두 번 말하지 않겠소. 돌아들 가시오."

밭 갈고 김매던 게 누구냐는 듯 당당한 모습은 그러나 다 믿는 구석이 있었다.

다름 아닌 평범한 자신도 들어본 적 있는 멸살마법사가 풀닢의 단칼에 돌무더기가 됐는데, 눈앞의 이름 없는 마법사들쯤이야 감히 상대가 되겠느냐는 나름의 판단이었다.

하지만 한이 모르는 게 있었다.

바로 쪽수. 일대 일이라면 모를까, 일대 다수에서는 고양이가 쥐에게 물려 죽는 수도 있었다.

그런 생각으로 풀닢은 다시 한번 상대를 훑었다.

척 봐도 고위급은 없었다. 기껏 중급 정도 되는 마법사가 여섯, 그리고 마법을 운용하는 무사가 넷이었다. 혼자라면 얼마든지 떨치고 도망칠 수 있지만 문제는 한이었다.

'어떡한다…'

어금니를 깨무는 그때 맞은편 쪽에서 덩치 큰 무사 하나가 앞으로 나섰다. 볼에 번갯불 같은 자국이 있는 그는 굵은 목소리로 입을 열었다.

"많은 걸 바라지 않소. 그저 그대들의 비행화만 내어주면 서로 얼굴 붉힐 일은 없을 것이오."

조그마한 금빛 날개가 달린 풀닢의 비행화와 반짝이는 보석들이 흩뿌려져 있는 한의 비행화는 한눈에도 고급품이었다.

풀닢은 속으로 헛웃음을 지었다. 도르덴도 없는데 비행화까지 없으면 그 먼 아룬산까지 어떻게 가란 말인가. 더욱이 지금 신고 있는 이 비행화는 어머니가 신던 유품이었다.

그런 풀닢의 심정을 한이 대신 표현했다.

"무어라?"

신기한 장난감을 선물 받아 가슴 설레고 있던 하룻강아지는 어처구니가 없다는 듯 안광을 빛냈다. 그리고 영웅적인 목소리로 이렇게 말했다.

"삶이 지겨운가?"

"아니."

"비행화에 목숨을 걸 텐가?"

"응."

동시에 번갯불 무사가 정말 번개처럼 날아오며 검을 뽑았다. 한도 그만큼 빠르게 검을 휘둘렀고 충돌은 깜짝 놀랄 정도로 커다란 폭음을 일으켰다.

콰앙!

그리고 한이 나자빠지리라는 예상을 깨고 번갯불 무사가 휘청휘청 물러나더니 허공에 엉덩방아를 찧어버렸다.

풀잎을 비롯한 모두가 눈을 번쩍 떴다.

한 역시 뜻밖의 결과에 어리둥절했지만 일단 위풍당당히 검을 내뻗었다.

"감히 나에게 대항하려 드는가! 본좌로 말할 것 같으면! 어엉!"

어디서 본 게 있다고 눈을 부라리는 한을 풀잎은 조용히 응시했다. 자신이 건네준 심층 마법력이 이 같은 위력을 냈을 리 없고 십중팔구 도르덴의 저 검에 상당한 마법력이 담겨 있음이 었다.

'그래?'

그러면 이야기가 달라졌다. 선제공격만 잘 들어가면 상대의 기세를 단번에 꺾어 분위기를 휘어잡을 수도 있을 것 같았다.

그때 마법사들 중에 흰 수염을 늘어뜨린 이가 파랗게 일렁이는 마법력을 끌어 모았다.

"안 되겠소. 모두 일거에 공격해서 끝냅시다. 준비."

그 말이 끝나자마자였다. 풀잎이 한의 앞으로 섬광처럼 휘돌아가며 검을 내저었다. 그러자 빛줄기가 촤아악 퍼져나가며 마법사들과 무사들을 일거에 들이쳤다.

콰과과광!

허청허청 물러나고 비틀거리는 그들의 얼굴에 당혹감이 튀었다. 위력도 위력이지만 수적 열세에도 전혀 주눅 들지 않는 선제공격에 기세가 확 꺾이고 말았다.

"이런…."

그들은 긴장한 얼굴로 다시 공격 태세를 잡았고, 한과 풀잎은 서로 등을 맞댄 채 안광을 빛냈다. 이제 제대로 한 판 붙어야 할 시간이었다.

'내가 먼저 치고 나갈 테니 따라붙어요.'

머릿속으로 전해오는 풀잎의 목소리에 한은 고개를 끄덕였다. 그리고 풀잎이 허공을 박차려는 순간, 맞은편의 마법사들 중 하나가 갑자기 폭음을 날리며 땅으로 처박혔다.

"으헉!"

나뒹구는 그 모습에 동료 마법사들이 화들짝 놀랐고, 한과 풀잎은 도르덴이 찾아왔나 싶어 재빨리 주위를 살폈다. 하지만 휘둘러봐도 아무도 보이지 않고 대신 허공 어디선가 성질난 여성의 목청이 솟았다.

"지금 뭐하는 짓이야!"

모두가 휘휘 둘러보다 곧 양측 사이에 떠 있는 손가락만한 정령을 발견했다. 닻별이었다.

"닻별아!"

풀잎이 딸내미를 반기듯 외쳤다. 닻별은 보로통한 얼굴로 돌아보더니 곧 사람 크기로 커졌다.

"내 이럴 줄 알았어. 물가에 내놓은 철딱서니가 무슨 드래곤을 만나러 간다고. 응?"

풀잎을 쫓아버린 후 내내 삐져있던 닻별은 정말 사과하러 온 게 맞나 하고 풀잎의 할머니에게 연락을 해봤더랬다.

그리고 그때 절대마법을 비롯해 상황이 어떻게 된 건지 알게 되자, 아룬산으로 가려면 꼭 지나야할 저 산 너머의 길목에서 기다리고 있다가 방금 전의 폭발음을 듣고서 혹시나 하며 찾아온 것이었다.

"사과를 하려면 제대로 하던가! 무릎 꿇고!"

닻별이 허리에 양손을 얹으며 인상을 썼지만 풀잎은 표정이 더없이 환해졌다. 반가움도 반가움이지만 고위급 마법사가 한 명 더 충원됐으니 더 이상 꿀릴 게 없었다.

그런데 이 정도면 눈치껏 물러나도 될 것 같은데 자존심인지 어리석음인지 마법사들은 얼굴을 붉히며 저마다의 마법력을 끌어 모았다.

"공격!"

땅에 주저앉아 있는 하나를 빼고 아홉이 일제 공격을 해왔다.

하지만 이제 이쪽의 수준이 달랐다. 고위급 마법사인 풀잎과 닻별이 톱니바퀴처럼 돌아가며 광탄과 벼락을 뿜어내자 그들은 순식간에 기겁을 하며 사방팔방으로 흩어졌다.

콰과광!

둘은 재차 휘돌아가며 광탄을 쏘았고 그 빛덩이에 맞아 무사 둘이 숲속으로 처박혔다. 치솟는 빛발, 고함, 당황하는 눈망울들에 전세는 즉각 기울었다.

"이리와, 이 자식들아!"

그 분위기를 타고 본좌도 날뛰었다. 붕붕 휘두르는 검엔 허점이 가득했지만 그 검에서 최고위급 도르덴의 마법력이 흩날림에 아무도 쉬 덤벼들지 못했다.

그때였다.

마법사들 중에 가장 연장자로 보이던 흰 수염 마법사가 투명 마법으로 모습을 감춘 채 닻별을 기습했다.

'일단 둘 중 하나만!'

그의 선홍빛 비수는 닻별의 목을 노렸다. 뒤늦게 그 번뜩임을 발견한 닻별은 급히 방어막을 쳐올렸는데, 뜻밖에도 선홍빛 검광이 방어막을 종이처럼 서걱 잘랐다.

'헉!'

닻별을 깜짝 놀라며 물러섰고 흰 수염은 방어막을 뚫고 달려들었다.

그때 근처에서 검을 휘두르고 있던 풀잎이 그 모습을 보고 득달같이 검광을 날렸다. 흰 수염의 선홍빛 비수가 그 검광을 튕겨내며 휘청거렸다.

그 사이 닻별은 옆으로 피했고, 풀잎은 그대로 돌진해 흰 수염을 들이받았다.

콰앙!

불꽃을 날리며 그가 뒷걸음을 쳤다. 풀잎은 달려들었고 그는 연무를 폭발시키며 도망쳤다. 풀잎은 연무를 휘돌아 그를 향해 벼락을 날렸다.

'못 도망가!'

뻗어나간 벼락이 흰 수염의 등을 들이치는가 싶은 그때였다.

갑자기 그의 모습이 휙 사라지고 대신 맞은편에서 검을 휘저으며 돌아 나오던 한이 그 벼락을 맞아버렸다.

콰직!

한 마리 새처럼 뒤집어지는 한….

성에처럼 얼어버리는 풀잎….

삶은 때론 비극이란 가면을 쓰고….

한이 추락했다. 흰 수염 마법사는 도망치며 풀잎을 향해 비수를 뿌리쳤다. 한을 향해 몸을 날리던 풀잎은 그 선홍빛에 폭발하며 밀려났다.

'하얀!'

다행히 닻별이 질풍을 일으켜 지면과 충돌하기 직전의 그를 받아냈다. 한은 땅 위로 쓸려나가듯 널브러졌고 풀잎은 다급한 새처럼 날아들었다.

"한!"

붙잡고 소리쳐 불렀지만 눈에 초점이 없었다. 숨을 쉬지 않았다. 풀잎은 놀라 닻별을 불렀다.

"빨리! 어서!"

닻별은 풀잎 옆으로 날아와 방어막을 치고 마법사들을 향해 눈을 부라렸다. 공격해오면 정말 가만 안두겠다는 그 안광에 아무도 움직이지 못했다.

풀잎은 한을 흔들고 가슴을 두드렸다.

"정신 차려! 정신 차리라고! 한! 숨을 쉬어! 숨을 쉬라고!"

"숨 안 쉬어? 죽었어?"

"야, 너 얼른 치유마법 해봐! 얼르은!"

"나 못해. 나 치유마법 못한다고."

풀잎은 주춤했다. 생각해보니 닻별은 치유마법을 하지 못했다. 그건 자신도 마찬가지였다. 그때 방금까지 싸웠던 마법사들이 도망가는 게 보였다.

"잠깐만! 잠깐만요! 잠깐!"

혹 그들 중에 치유마법을 하는 이가 있을까 소리를 질렀지만 그들을 이미 숲 저편으로 멀어지고 있었다.

"잠…"

"정말 숨 안 쉬어? 죽었어? 어머 어떡해?"

"아…"

풀잎은 창백해지며 한의 얼굴을 만졌다.

"이봐요. 한. 한. 정신 차려. 정신 차리라고…"

얼굴을 매만지고 가슴을 흔들었다. 하지만 정말 죽어버린 듯

아무 반응이 없었다. 풀잎의 눈빛이 흔들렸다. 닻별이 그런 풀
잎의 어깨를 때렸다.

"바보야! 인공호흡이라도 해봐!"

번쩍 정신이 든 풀잎은 즉시 인공호흡을 했다. 입을 맞춰 숨
을 불어넣고 가슴을 압박하고 또 숨을 불어넣었다. 그런 풀잎
의 얼굴이 점점 붉어져 갔다.

'죽지 마….'

눈앞이 부예졌다. 숨을 불어넣는 얼굴에 눈물이 맺히고 가슴
을 누르는 두 손엔 비감이 아롱졌다.

'죽지 말라고….'

물속에서 숨이 막혀갈 때 얼음 저편에서 애타게 주먹을 내리
치던 모습이 떠올랐다. 아득한 어둠 속으로 빠져만 가는 자신
을 빛발과 함께 뛰어든 그가 끌어올려 줬는데….

"하안!"

봄 햇살에 추워하자 어깨에 옷도 벗어줬는데….

"숨을 쉬라고!"

눈물이 터졌다. 죽지 말라고, 풀잎은 한이 그랬던 것처럼 혼
신을 다해 생기를 불어넣었다.

'제발….'

그때였다. 한의 손이 서서히 떠올라와 풀잎의 어깨에 닿았다.
다독다독 감쌌다. 괜찮다고, 울지 말라고, 그 손길에 풀잎은 소

리 없는 울음을 터트리며 그를 끌어안았다.

눈물이 뜨거웠다.

가슴이 뜨거워졌다. 벅찬 울음의 고동소리가 영혼을 휩쌌다.

그렇게 둘은 서로를 안고 그 생명의 존재에 감사했다.

닻별은 그런 둘을 가까이서 지켜보다 왠지 실례인 것 같아 뒤로 조금 물러났다.

'애틋하네. 콧물도 나눠먹고. 진짜 애인 사이인가 보다.'

그때 옆으로 바람 한 자락이 살랑 불어왔다. 술 냄새가 훅 끼쳐오자 닻별은 뭔가 하고 돌아봤다. 옆엔 웬 중년 요정이 사흘 밤낮을 술 처먹은 듯한 모습으로 서 있었다.

'헉…'

놀라 물러서려던 닻별은 문득 풀잎이 할머니에게서 들은 이야기가 뇌리를 스쳤다.

'미치광이 요정?'

맞느냐고 물어보려는데 그가 먼저 생각을 전해왔다.

'누구요?'

'예? 아… 저는 쟤 친군데요. 근데 누구세요?'

'으응, 나는 쟤들과 좀 아는 사이.'

'아아, 네…'

아무래도 그 요정이 맞나 보았다. 닻별은 여전히 서로를 끌어안고 있는 남녀를 보고 다시 요정을 봤는데, 어라, 요정은 어디

가고 난데없이 웬 검푸른 날개를 펼친 예쁘장한 여자가 서 있었다.

'누, 누구세요?'

'나? 나는 저 남자애가 빤스 사다주기로 한 사이.'

'예?'

'나는 춘정, 쟤네들은 불륜.'

닻별은 뭔 소린가 하는 표정으로 눈을 끔뻑거렸다.

그때 날개 달린 여자가 물어왔다.

'근데 쟤네들 지금 뭐하는 중이야?'

'아…. 인공호흡 중인데요.'

'인공호흡? 인공호흡이 원래 저렇게 빨면서 하는 거야?'

'그, 그러게요.'

남녀는 얼굴을 맞댄 채 아무튼 서로를 구하느라 애쓰고 있었다. 술 냄새에 다시 돌아보니 어느새 날개 달린 여자는 사라지고 조금 전 그 중년 요정이 머리를 긁고 있었다.

'근데 어떻게 된 상황이야? 천둥치는 소리에 얼른 날아오긴 했는데.'

'아, 그게….'

아무래도 이중인격인가 보다 생각하고 닻별은 일단 자초지정을 설명했다. 도르덴은 잠시 듣더니 곧 툭 한숨을 내쉬었다.

'그렇다면….'

저 산 너머는 아룬산으로 향하는 길목이었다. 굴락의 보물을 탐하는 이들이 슬슬 모여드는 지점이었으니 도망갔다는 이들이 다른 이들을 데리고 올 수도 있었다.

'시끄러워지면 피곤하지.'

도르덴은 즉시 이공간 마법을 발했다.

그건 같은 시간의 선상 위에서 공간을 둘로 나누어 버리는 최상위 마법이었다. 존재하나 존재하지 않는, 시간이 흘러 다시 하나로 합쳐질 때까지 그 이공간은 닿을 수도 느낄 수도 없는 투명함과 같았다.

그걸 증명하듯 새 한 마리가 아무렇지 않게 날아와 닻별의 몸을 통과해 지나갔다. 놀라 휘돌아보는 그녀에게 도르덴은 이공간 마법이라고 말해줬다.

'우와…'

처음 경험하는 최상위 마법에 닻별은 꼬마아이처럼 신기해했다. 그리고 다시 나타난 화야닢은 보로통히 팔짱을 끼더니 여전히 인공호흡 중인 남녀를 향해 갑자기 소리를 빽 질렀다.

"아, 그만 좀 빨아! 진짜 더러워서 못 봐주겠네!"

느닷없는 목청에 한과 풀닢은 움찔하며 몸을 세웠다. 서로를 살리기 위해 애쓴 둘은 입 주위가 눈물과 콧물로 번들거렸다. 화야닢은 그런 둘을 불륜 남녀 보듯 하며 얼굴을 찌푸렸다.

"야유, 저 더러운 거봐. 야유우, 저 더러운 것들."

그런 풀잎과 한 사이엔 실낱같은 침 하나가 길게 이어져 있었다. 그 실이 반짝거리며 느릿하니 바람을 탔다.

시간이 느리게 흘러가듯 하느작….

이상한 꿈속에라도 앉아있는 듯 하늘하늘….

그때 나비 하나가 하얀 빛 조각처럼 날아왔다. 나비는 풀잎의 배로 들어가 앙가슴으로 나온 후 다시 한의 머리를 통과해 파란 하늘로 날아갔다.

그 모습에 둘이 당황하자 닻별이 얼른 설명했다.

"놀라지 마. 죽은 거 아니야. 이공간 마법이야. 술 취한 요정님이 만들었어."

둘은 벙한 얼굴로 화야닢을 보았다.

꽃구경을 못 가 심통 난 동네 아줌마는 더럽네 어쩌네 인상을 쓰다가 팔랑 넘어가 중년 요정으로 화했다.

도르덴은 기지개를 켜며 입이 찢어지도록 하품을 했다.

"하이고, 술 그만 먹어야 하는데…."

권태로운 표정으로 가슴을 긁다가 문득 뒤를 돌아보았다. 멀리 세 떼 같은 게 보였다. 예감이 맞았다. 도망갔던 그 마법사들이 그들과 비슷한 이들을 데리고 몰려왔다.

"어서 찾아!"

"잡아서 박살을 내버려야 해!"

"내 입 주둥이가 다 찢어졌어!"

서른 명 가까이 되는 그들은 붉으락푸르락해진 얼굴로 주위의 숲을 뒤졌다. 한과 풀잎과 닻별은 자신들을 통과해 지나가는 그들을 꿈을 꾸듯 바라보았다. 존재하나 존재하지 않는 서로는 서로에게 닿을 수 없지만 그 마법이 흐르는 이편은 저편을 볼 수 있었다.

"괜한 문제 만들 필요 없지."

도르덴은 하품을 하며 눈을 비볐다.

풀잎과 한은 천천히 서로를 돌아봤다. 눈물과 콧물이 반짝이는 서로의 얼굴…. 한바탕 얼싸안고 난리를 친 기억은…. 서로의 고동소리가 되어 가슴에 흔들리는데…. 또 영혼이 바뀐 듯 미묘한 감정들이 봄빛 속을 반짝거렸다.

잠시 후 화난 이들이 옛 기억처럼 흘러갔다.

남아 있는 이들은 푸른 하늘 아래 평화로웠다.

"……"

풀잎은 한이 번들거리는 입술을 빨아먹고 있자 조용히 시선을 거뒀다. 그리고 자신의 입술을 손으로 훔치는데 별안간 어머! 하며 놀라는 소리가 들렸다.

바라보니 닻별이 잘생긴 귀공자를 보고 토끼 같은 얼굴을 하고 있었다.

"누, 누구신지…"

귀공자는 다정히 윙크를 했다. 닻별은 어머머! 하며 입을 가리더니 곧 두 손을 모아 공손히 인사를 했다.

"처음 뵙겠습니다. 풀잎이 친구예요."

세상에 존재하나 존재하지 않는 이공간 속에서 그렇게 선남선녀들은 조금은 부끄럽고 또 생경한 시선으로 서로를 바라보았다.

이공간은 대략 저택 크기만 했다.

얼핏 보면 투명했지만 보일 듯 말 듯 경계선이 존재했다.

풀잎은 작은 바위에 앉아 보송보송한 미풍에 흔들리는 나무들을 보고 있었다.

이마엔 살짝 미열이 나는 것 같고, 정신은 가는 실에 매달린 풍선처럼 머리 위를 부유하는 듯 했다.

'한…'

어쩌면 차가운 물속에서 건져져 춥고 흐릿한 정신으로 앉아 있던 그때와 비슷한 것 같은데…. 그때와 다른 건 마음이 더없이 평온하다는 것이었다.

햇살 속으로 연한 주황빛이 스미고 있었다.

그 햇살을 타고 살랑살랑 날아온 하얀 꽃씨 하나가 무릎을 통과해 두둥실 떠올랐다. 손을 내밀자 그 손도 통과해 햇빛 위로 멀어졌다.

풀잎은 이래서 할머니가 도르덴에게 도움을 청했구나…. 하고 생각했다.

'최고위급….'

넘어진 김에 쉬어간다고 도르덴은 마법의 불을 피워 차를 끓이고 있었다.

풀잎은 그 불 주위에 둘러 앉아 있는 요정과 정령과 바보 같은 한 남자를 바라보았다. 그리고 잠시 후 그 바보남이 차 한 잔을 들고 다가왔다.

"여기…."

풀잎은 말없이 잔을 받았다. 따끈한 연붉은 찻물 위로 아까의 그 입맞춤이 반짝거렸다. 창피함이 밀려왔다. 찻잔에 입술을 댔다. 따듯한 달콤함에 창피함이 녹아들었다.

한이 말했다.

"감사해요."

"……."

"저를 또 구해주셔서…."

풀잎은 조용히 차를 마셨다. 몽글거리는 입술이 달달했다. 아무 말도 하지 않자 한은 조금 어색해하다 돌아갔다.

풀잎은 그 모습을 흘끔 보고 다시 차를 마셨다. 입술을 적셔오는 달달함에서 왠지 복잡다단한 맛이 나는 듯했다. 가슴이 조금 나풀거리는 것도 같고…

한이 옆에 앉자 도르덴은 노마법사 아인 선생으로 화했다. 방금까지 도르덴과 이야기를 나누던 닻별은 처음 보는 할아버지에 주춤했고, 아인 역시 그런 닻별을 어리둥절히 보다가 곁에 앉아 있는 한을 동그랗게 쳐다봤다.

"젊은이는 누구요?"

"예?"

노마법사는 기억이 금세 증발을 했다. 할 수 없이 한은 자기소개 및 어떻게 해서 이곳에 오게 됐는지를 설명했다.

닻별이 찻잔을 들고 풀닢에게로 왔다.

"야아, 살다 살다 별 희한한 존재를 다 본다. 저렇게 대책 없이 뒤바뀌면 어떻게 살아? 귀공자 같은 애하고 뽀뽀하고 있는데 갑자기 할아버지가 튀어나오면 어떻게 하냐고. 아까는 잠깐이지만 웬 괴물이 혀를 날름거리고 말이야."

풀닢은 뭐라 할 말이 없어 그냥 담담히 웃었다. 차를 한 모금 마신 후 다감한 눈길로 닻별을 보았다.

"아무튼 도와줘서 고마워."

"알면 됐고."

"근데 여긴 어떻게 알고 온 거야? 아룬산으로 간다는 말도 안 했는데."

"으응, 네 할머니가 가서 좀 도와달라고 간곡히 부탁하는 바람에 쫓아왔어."

"진짜?"

"진짜. 아무리 절교했다고 해도 세상 물정 하나 모르는 띨띨이를 혼자 보낼 순 없잖아. 난 내가 생각해도 너무 착한 게 탈이야."

"그래, 우리 정령님이 너무 착하고 고와서 제가 몸 둘 바를 모르겠어요."

"알면 됐어."

닻별은 그렇게 말하고 시선을 한에게로 보냈다. 어느새 노인은 사라지고 그 날개 달린 아줌마가 날개를 오므려 한에게 부채질을 해주고 있었다.

멋쩍어 하는 한과 그를 향해 상글거리는 새 아줌마….

닻별은 풀잎에게 조그맣게 물었다.

"근데 저 남자애하고 진짜 애인 사이 맞아?"

닻별과 화해를 한 기분에 아련히 숲을 바라보고 있던 풀잎은 그제야 한과 화야닐을 보았다. 날개 끝으로 한의 볼을 만지작거리고 있는 꼴불견에 주춤 시선을 거뒀다.

"애인…맞지. 그러니까 그렇게 인공호흡도…했고…."

풀잎은 말 꼬리를 흐렸다.

닻별은 그런 풀잎을 모호한 눈매로 바라봤다.

처음엔 애인 사이라는 말로 자신을 속이려는 줄 알았는데, 애절하게 인공호흡을 하며 엉엉 우는 걸 보니 진짜 애인인 것 같기도 했다.

하지만 지금 저 날개 여자가 한에게 꽃구경을 가자며 계속 살랑거리고 있는데도 풀잎이 나 몰라라 딴청을 부리고 있는 걸 보면 또 전혀 애인이라 할 수 없는 그림이었다.

'뭐지, 이것들?'

더욱이 아까 날개 여자가 한과 풀잎을 보며 불륜이니 뭐니 했던 걸 생각하면 이들의 관계가 한층 이상야릇해 보였다.

"그렇구나. 난 또 괜히 날 속여먹으려고 둘이 짜고 그런 줄 알았지. 하긴 정말 애인 사이가 아니라면 그렇게 간절하고도 특별하게 인공호흡을 할 순 없지."

"그렇지…."

풀잎은 들릴 듯 말 듯 대답했다. 가슴이 몰래 콩닥콩닥했다. 이제 와 아니라고 했다간 닻별과 완전히 틀어지는 건 물론이고 또 악을 쓰며 날뛸 것 같았다.

'저 바보 멍청이 같은 한…'

달려가 볼을 붙잡고 끌고 오고 싶었다.

닻별은 그런 풀잎과 여전히 꽃구경 타령을 하고 있는 남녀를 번갈아보다 입술을 살짝 깨물었다.

'뭔가 되게 웃기고들 있는 분위긴데 지금…. 응?'

닻별은 즉각 표정을 상그레 바꾸고 한에게 말을 건넸다.

"저기요. 반가워요. 우리 구면이죠?"

"아, 네. 그렇죠."

고개를 끄덕이며 웃는 한에 닻별은 풀잎을 흘끔 보고서 다시 물었다.

"어제는 괜찮았어요? 내가 던진 오이 먹고 그쪽이 우리 풀잎이 다리에다 오줌 싸는 거 봤는데."

한은 무슨 소리냐고 벌떡 일어섰지만 생각해보니 맞는 말이라 우물쭈물 했다. 대신 화야닢이 깜짝 놀랐다.

"다리에 오줌을 쌌다고?"

"네, 아주 좋다고 꼬리를 치던데요? 헥헥."

닻별의 개 소리에 풀잎은 당황하다 차를 주룩 흘리고 말았다.

'이런…'

화야닢은 오이와 오줌과 꼬리와 헥헥, 뭔가 적나라한 상황을 암시하는 단어들에 상상의 날개를 펴더니 갑자기 한을 향해 와락 소리를 질렀다.

"야 이 나쁜 놈아! 고향에 있는 여자 친구한테 빤스 사다준다던 놈이 다른 여자 다리에 뭐가 어째? 헥헥? 에라 이 못된 놈아!"

졸지에 못된 놈이 된 한은 멍하니 입을 벌렸다.

반면 닻별은 얼라리오? 하는 표정으로 풀잎을 돌아봤다.

"쟤 여자 친구 있어?"

"어?"

"쟤 여자 친구 있냐고."

"아…."

"어머머. 진짜?"

"아…. 그…."

"와아, 그렇구나. 그래서 저 날개 달린 분께서 불륜이니 뭐니 그랬던 거구나. 이야, 우리 풀잎이 대단하네. 이제 보니 그런 취향이었어. 임자 있는 오이가 더 맛있다. 송폐를 볼 때도 그런 느낌이었어?"

풀잎은 기가 찬 황당함에 입을 떡 벌렸고, 닻별은 분노하듯 허릿짐을 졌다.

"개 버릇 남 못준다더니 또 이 짓거리를 하고 있었던 거야? 응? 나한테서 송폐 빼앗아 맘껏 즐기다 내버리더니 또 임자 있는 남자를 꼬드겨서 옆에 끼고 다녔던 거야? 어머머나 세상에…."

그 소리를 들은 동네 아줌마가 경악하듯 다시 한에게 삿대질을 했다.

"에라 이 나쁜 놈아! 나한테 빤스 사다준다고 할 땐 언제고 니가 바람을 피워? 응? 바람피울 데가 없어서 다른 여자 다리에 오줌을 싸? 니가 그러고도 사람 새끼야! 응!"

한은 오줌을 쌀 땐 개였다고 말하고 싶었지만 입만 뻥긋거릴 뿐 말이 나오지 않았다.

풀잎은 오해와 진실과 거짓말과 헛소리가 뒤죽박죽이 현실을 참지 못하고 결국 닻별을 향해 소리를 질렀다.

"야아아!"

"뭐어어!"

닻별도 분기탱천하여 숭폐 물어내라고 삿대질을 하니 결국 둘은 자리에서 일어나 서로의 멱살을 붙들었다. 보다 못한 동네 아줌마가 날개를 퍼덕거리며 달려와 함께 악악댔고, 말리려고 뛰어온 한은 누군가에게 머리를 붙잡혀 아악 비명을 지르다 귀공자에게 황급히 구출되어 끌려 나왔다.

그 사이 풀닢과 닻별은 서로 멱살을 흔들며 눈을 부라렸는데 때마침 귀공자가 날린 '서로에게 미안해지는 별빛'을 하나씩 맞고 불현듯 서로에게 미안한 마음이 샘물처럼 솟아나 손을 놓고 서로의 구겨진 옷가슴을 다독여주면서 급작스러운 사태는 뭉클하게 마무리됐다.

햇살이 연주황으로 물들고 있었다.

잠시 서로 오해에 따른 감정싸움 및 머리끄덩이가 있었지만 다감한 귀공자가 특별 조제한 '서로가 화목해지는 별빛 한 잔'을 마시며 마음을 풀었다.

"와, 좋다."

"아까는 미안했어요."

"저도요."

셋은 화목해진 분위기로 웃음을 주고받다가 차차 별빛 한 잔의 효과가 떨어지자 무덤덤해졌다.

"저기요."

닻별이 한 잔 더 마시고 싶어 손을 들었지만 도르덴은 엉덩이를 털고 일어나 이공간 마법을 거뒀다.

"그만 가지."

"네."

마음 바쁜 풀잎은 서둘렀다. 닻별과 한도 주섬주섬 일어나 다시 길을 나설 채비를 했는데, 어느새 화야닢이 바위에 기대앉아 쓸쓸한 표정으로 도리질을 했다.

"난 안 가."

"……."

"오면서 봤는데 꽃들이 흐드러지게 피어 있는 데를 봤어. 추억이 떠올라서 잠깐 들렀다 가야 해."

한이 난감한 표정으로 돌아보자 닻별이 풀잎에게 속삭였다.

"쟤 왜 저래?"

"원래 그래."

화야닢은 푸른 하늘 어딘가를 비련의 여주인공처럼 바라보며 한숨을 쉬었다.

"너희들은 이해 못해."

이해할 마음이 전혀 없는 풀잎은 고개를 끄덕였다.

"할 수 없죠. 가볼게요."

빠른 결단은 닻별이 있기 때문에 가능했다.

"나머지 분들에게 감사하다고 전해주세요. 물론 다시 만나기를 학수고대한다고도 전해주시고요. 그럼."

"우리 자기는 놔두고 가면 안 될까? 아까 내가 말을 좀 심하게 해서 우리 둘만의 오붓한 시간을 갖고 싶은데."

풀잎은 두 말없이 한과 닻별을 데리고 도망쳤다.

닻별은 뭔가 아쉬운 표정으로 뒤를 돌아봤지만 볼 때마다 화야닐이 주먹 감자를 날리고 있자 더 이상 돌아보지 않았다.

주홍빛이 타오르는 세상….

혹시 아까 그 못된 마법사들을 만날까봐 셋은 아룬산으로 가는 길목이 아닌 다른 산길로 날아갔다.

붉어진 바람이 풀잎의 머리칼을 날렸다.

오른편엔 절친인 닻별, 왼편엔 더 이상 바보 같지 않은 한이 호위무사처럼 함께 날고 있으니 풀잎은 마음이 든든하면서도 설렜다.

'다 잘될 거야.'

그렇게 산을 넘고 들을 지나 숲길을 날아갔다.

언덕 저편으로 붉은 석양마저 지고, 이제 하늘 위로 은은한 박명이 흐르는 초저녁에 도르덴이 술 냄새를 풀풀 풍기며 찾아왔다.

요정님의 손엔 물이 뚝뚝 떨어지는 바구니가 들려 있었다.

"별일 없어서 다행이야. 더 빨리 올 수 있었는데 화야닡이 냇가에서 미역을 감느라⋯. 난 술국에 넣을 조개도 좀 줍고."

닻별이 조개가 든 바구니를 받았다.

한이 궁금한 듯 물었다.

"근데 다른 길로 상당히 멀리 왔는데 어떻게 알고 찾아오신 거예요?"

"으음, 그거⋯."

도르덴은 팔랑 넘어가 귀공자로 화했다. 귀공자는 웃는 낯으로 한의 흉갑을 가리켰고, 그러자 흉갑 위로 투명한 나비 하나가 몽실 떠올랐다.

"나비의 좌표를 따라왔죠."

"아⋯."

투명 나비는 팔랑팔랑 날아 모두의 시선을 모으더니 풀닢에게로 가 그녀가 내민 손등 위에 앉았다. 예쁜 투명 날개에 풀닢은 고운 미소를 지었는데 문득 나비가 분홍빛으로 물들었다.

'어?'

풀닢의 표정이 주춤하자 분홍 나비는 팔랑팔랑 날아와 한의 흉갑에 내려앉았다. 그리고 인공호흡에 되살아나 다시 숨을 쉬는 것처럼 천천히 날개를 움직였다. 그러면서 반짝반짝 한의 가슴 속으로 스며들었다.

보고 있던 닻별이 방긋 웃었다.

"우와, 뭔가 그럴 듯하다."

한도 감동 받은 얼굴로 볼웃음을 그렸고, 풀잎은 왜 하필 분홍색인지 뻘쭘하고도 오글거리는 기분에 시선을 딴 데로 옮겼다.

'치이…'

닻별은 푸훗 웃으며 귀공자의 옆구리를 찔렀는데 미역 감은 머리를 수건으로 돌돌 말아놓은 화야닢이 어쩌라고 하는 표정으로 돌아봤다.

세상이 어두워졌다.

저녁 하늘엔 별들이 돋고 숲속의 이공간엔 마법의 모닥불이 밝았다.

귀공자가 끓인 맛난 조갯국으로 저녁식사를 하고 달콤 쌉싸름한 차도 한잔 마신 넷은 모닥불에 둘러앉아 아직 못한 자기소개를 했다.

"제가 나름 철학을 공부했는데 삶이란 참 알 수 없는 꿈만 같은 여행이기도 하고 또 그 과정에서 오고가는 수많은 인연이랄까 감정이랄까, 아무튼 꿈을 꾸는 오늘 하루가 모여 언젠가 그 꿈이 현실화 되는 삶의 어느 한 곳에서 열심히 살았다는 자기 만족 및 행복한 추억들이 예쁜 꽃빛으로 만발했으면 하고 바라는 오늘밤의 별바다가 가슴에 고동칩니다."

"풀잎이 들으라고 하는 소리야?"

"아니 뭐 그냥 다 잘됐으면 하는 뜻으로…"

풀잎은 촉촉한 별 하늘 아래 숲의 향기가 좋았다. 따듯한 색감으로 흔들리는 모닥불도 좋고, 비슷한 또래의 남녀가 함께 둘러 앉아 있는 이 시공은 어색하면서도 신기했다.

화해를 한 닻별이 생글생글 웃는 것도 좋고, 박수치며 깔깔거리는 한도 이젠 맘에 들고, 다정다감한 귀공자는… 음….

그렇게 평화로우면서 몽실몽실한 감정들이 밤빛 속을 부유했다.

하늘에 별들이 쏟아질 듯 많았다.

이공간 안은 도르덴의 마법력으로 초여름처럼 온화했다.

"잘 자."

"좋은 꿈 꿔."

그리고 밤이 깊어지니 꽤 복잡다단한 하루를 보낸 모두는 꿀잠에 빠져들었다.

쉬 잠들지 못하는 풀잎은 홀로 일어나 앉아 은은한 달빛을 바라보았다. 조용히 심호흡을 했다. 뭐랄까. 마음 안에 수많은 새로운 별빛들이 생겨나 반딧불처럼 점멸을 하는 기분이랄까.

꿈을 꾸는 것 같기도 하고….

어서 연심의 별빛을 구해야 하는데….

할머니는 괜찮으신지….

긴 한숨이 달빛으로 타고 천공으로 향했다. 눈물 같은 별들이 가슴에 반짝이는데….

'한…'

그를 생각하면 헛웃음부터 나왔다. 첫사랑 때문에 집을 나와 한몫 잡아보겠다고 아수라장으로 변할지도 모르는 드래곤의 산으로 가겠다니….

바보….

잠든 그를 바라보았다. 그래도 사람이 착해 보이긴 한데….

자신의 목숨을 구해준 걸 생각하면 가슴이 뭉클거리고 또 뭔가가 아련해지고….

그러다 오늘 낮 입맞춤으로 변질된 그 절절한 인공호흡이 생각나자 기분이 묘해졌다.

왜 그랬을까.

왜 그렇게 눈물이 뜨거웠을까.

어깨 한 번 다독여 준 그의 손길에 그토록 벅차올라 눈물범벅으로 입맞춤을 해버리다니….

'미쳤어…'

눈물과 콧물에 번들거리던 한의 얼굴이 생각났다.

하느작 떠오르는 그 실낱과 순간의 반짝임들이 어쩌면 꿈만 같은데…. 알 수가 없는데….

그때였다.

평소 잠꼬대가 많은 닻별이 또 꿈을 꾸는지 꿈속의 이야기를 했다.

"송폐…. 송…. 송폐에…."

그 뺀질거리던 요정을 아직도 잊지 못하는가 보았다.

"송폐…. 가지 말아요…. 풀잎이 그년이 얼마나 꼬리를 쳤는지 모르지만…. 제가 더 잘 할 자신이 있어요…. 제발…. 송폐…. 날 버리지 말아요…. 사랑해요…. 제바알…."

풀잎은 살짝 인상을 쓰며 누가 듣지는 않는지 한과 귀공자를 살폈다. 그런데 가는 날이 장날이라고 한도 꿈속의 상황을 이야기하기 시작했다.

"헥헥…. 잘못했어요…. 제가 일부러 그런 건 아닌데…. 헥헥…. 경황이 없어서…. 거기가 앞인 줄 알고…. 헥헥…."

풀잎은 창피해 입술을 깨물고 고개를 숙였다.

다행히 아인 선생이 부스스 일어나 여긴 어딘가 난 누군가 하며 멍한 눈을 끔뻑거릴 뿐이었다.

톨캉

드래곤 이이굴락의 궁전은 아룬산의 내부에 자리한 장대한 동굴 궁전이었다.

처음엔 그저 커다란 공동이었던 그곳은 수천 년이란 시간 동안 인간과 요정과 오크와 정령들이 쉼 없이 드나들며 넓히고 세우고 또 장식해갔으니, 그렇게 서로 다른 문화와 솜씨가 뒤섞인 전설의 궁전은 웅장하고도 오묘하며 또 섬세했다.

그 궁전의 가장 안쪽.

마법의 불꽃이 은은히 빛나는 대전.

널따란 단 위에 고룡은 힘없이 엎드려 있었다. 이제 삶이 얼마 남지 않은 듯 그의 눈빛은 흐릿하기만 한데….

"대왕이시여."

단 앞에 시립해 있는 요정 감무르가 낮고 묵직한 목소리로 입을 열었다.

"부르셨나이까."

"그래…"

굴락은 긴 한숨을 쉬며 눈을 감았다 떴다. 이제 뭔가 결론을
내려야 할 때라는 걸 굴락도 그리고 얼굴에 긴 칼자국이 나 있
는 요정도 이심전심으로 느끼고 있었다.

"감무르…"

"네."

"저 보물들을 다 너에게 주면 어떻겠나…"

둘 사이에 잠시 침묵이 흘렀다.

이윽고 감무르가 낮은 목소리로 대답했다.

"사양하겠습니다."

"왜…"

반문하는 굴락의 목소리가 초라했다.

"큰 나라를 세울 수도 있는데…"

"대신 자유를 잃겠지요."

맞는 말이었다. 저 어마어마한 보물로 나라를 세워 왕좌에
앉을 수도 있지만, 그 나라를 지키기 위해 끝없는 관계와 불안,
희망과 욕심에 얽매이게 될 테니까.

"진정 저 보물들보다 자유가 좋은가?"

"네, 마음 편히 돌아다니는 자유가 저는 그 어떤 보물들보다
더 좋습니다."

대왕은 상념에 젖어들었다.

지난 세월, 이 모든 것들을 다 내버리고 싶으면서도 돌아서면 또 그 빛들의 향연에 사로잡히는 마음을 떨쳐버리지 못했는데….

운명처럼….

아깝다면 아깝고 헛되다면 헛된 보물들….

산 아래에 모여든 모두에게 꿈같은 선물을 줘버릴까.

아니면 모든 걸 물방울처럼 날리고, 이 오랜 삶이란 꿈을, 그만 꿀까….

어둠이 짙은 새벽.

작달막한 노인은 담뱃대 위로 하얀 연기를 뿜었다.

퍼져가는 연기 너머로 아룬산의 거대한 음영이 손에 잡을 듯 가까웠다. 하지만 은은하게 빛나는 보호막이 아직은 그를 세상으로부터 보호하고 있었다.

"후우…."

위대하신 굴락 대왕께선 지금 어떤 표정으로 자신의 죽음을 기다리고 있을까.

까마아득한 옛날, 톨캉은 아직도 생생한 그날을 떠올렸다.

인간과 사이에 크고 작은 분쟁이 빈번해지며 큰 전쟁이 일어날 것만 같던 그때, 드래곤들은 이 아룬산에 모여 회의를 했고 당시의 톨캉은 이 기회에 인간족을 모두 쓸어버리자는 당찬 주장을 했다.

그러나 조용히 듣고 있던 굴락은 무겁게 말을 뱉었다.

"어리석도다."

그 한 마디에 회의장은 침묵에 싸였고, 잠시 뒤 내려진 회의의 결론은 인간족과 평화로운 관계 유지였다.

덕분에 세상은 평화로워졌고 톨캉의 가슴엔 굴락의 말이 가시처럼 박혔다.

어리석도다….

그날 이후 대놓고 말은 안 했지만 다른 드래곤들은 톨캉을 '어리석도다 드래곤'으로 불렀다.

수천 년이 지난 지금까지도….

그 수천 년 동안 인간족은 야금야금 세를 더 넓혔고, 그 긴 세월 동안 톨캉은 한 번도 내색하지 않은 채 굴락을 향한 앙심을 키웠다.

'어리석도다….'

누가 어리석었던 걸까.

톨캉은 굴락에게 똑똑히 말해주고 싶었다.

어리석은 건 당신이라고, 그 어리석음이 당신을 비참케 하리라고, 그날 자신이 당한 모욕과 지난 수천 년 동안 당한 모욕감이 이제 고스란히 되돌아갈 거라고….

"아무 일 없듯 평화로이 죽고 싶으시다? 그럴 순 없지."

양심의 칼날이 그를 찌르고 평화가 그를 짓밟을 터였다.

연노란 마법의 불꽃이 타오르고 있는 군막 안….

기다란 타원형 탁자엔 작은 나라의 왕들, 큰 나라의 제후들, 이름 있는 마법사들과 또 어떤 집단의 대표들이 조용히 침묵을 지키고 있었다.

그때 왕들 중 하나가 침묵을 깼다.

"확실히 합시다."

탁자의 한쪽 끝에선 작달막한 한 노인이 담배 연기를 뻐끔거리고 있었다. 며칠 전 홀연히 나타난 그는 자신을 이계에서 건너온 마법사라 밝혔고, 그리고 모두가 원하는 바를 이뤄주겠다고 했다.

톨캉은 입가로 하얀 연기를 흘리며 말했다.

"확실합니다."

좌중은 서로를 돌아보았다. 하지만 여전히 믿을 수 없다는 표정들이 다수였다. 당연했다. 역사상 드래곤의 임종 보호막이 깨진 건 단 한 번도 없었으니까.

하지만 톨캉은 오래전부터 이 순간을 준비해 왔고, 미리 손을 써둔 마계와 이계로부터 보호막에 대한 정보를 얻어 이미 파해 마법을 완성시켜 놓은 상태였다.

그러니 이제 남은 건 보물에 눈이 먼 이 인간족들의 손을 빌어 굴락의 마지막 평화를 비참하게 만드는 일뿐이었다.

'당신은 모르겠지. 내가 오랜 세월 이 날만을 기다려온 걸. 두고 봐. 그 옛날 당신이 그랬던 것처럼 나도 모욕감에 흔들리는 그 얼굴을 차분히 지켜봐 줄 테니까. 그리고 속삭여줄 테니까.'

톨캉은 가슴 깊이 담배를 빨아들였다.

'어리석도다….'

하얗게 퍼져나가는 복수는 상상만 해도 짜릿했다.

소년

아침이 밝았다.

귀공자가 정갈하게 차린 아침밥을 먹으며 풀잎, 한, 닻별은 오늘 중으로 당도할 아룬산에 대해 이야기를 나눴다.

구름 같이 모여 있을 군상들을 지나 마침내 굴락을 마주하게 되면 어떤 표정을 지어야 할지, 또 어떤 말부터 꺼내야 할지 생각만 해도 뱃속이 떨려왔다.

"난 아직 한 번도 드래곤을 만난 적이 없는데, 닻별이 너는?"

"난 옛날에 인간화해도 여행 다니던 여자 드래곤의 발톱을 다듬어준 적이 있는데, 되게 자기중심적이고 도도하더라고. 예쁘고."

"우와…"

한이 신기해하며 입을 오물거리는 그때였다. 옆에 앉아 수저를 빨고 있던 화야닢이 갑자기 무슨 생각이 났는지 두 눈을 번쩍 떴다.

"어머! 오늘 친구 결혼식이 있는데!"

숟가락을 내던지고 공간을 열고 이계로 넘어가 버렸다.

"……"

"……"

"……"

밥 먹다 멈춘 셋은 미동도 하지 못했다. 그저 마법의 시동자가 사라지자 이공간도 사라지고 때마침 가까이에서 짝짓기를 하던 새 두 마리가 화들짝 놀라 도망갔다.

풀잎은 머뭇하다가 다시 밥을 떴다.

"어서 먹어. 가게."

익숙해지지 않는 그녀의 황당함은 매 순간이 새로웠다.

셋은 다시 식사를 했다. 밥을 다 먹고 차도 한 잔 마실 때까지 화야닐도 도르덴도 아무도 돌아오지 않았다.

풀잎은 시쁘둥한 표정으로 자리에서 일어섰다.

"가자. 한의 가슴에 나비의 좌표가 있으니까 찾아오든지 미역을 감든지 알아서 하겠지."

셋은 아침 햇살이 눈부신 숲길을 날아갔다. 공기도 상쾌하고 나무 위로 보이는 하늘은 푸르른 보석 빛이었다.

닻별과 한이 풀잎의 양쪽에서 밝게 웃어 보였다.

"오늘 날씨 진짜 좋다. 다 잘될 거야. 걱정하지 마."

"그래요. 바라는 대로 다 이뤄질 거예요. 약속!"

풀잎은 표정이 차차 밝아졌다. 새로운 기분으로 심호흡을 했다. 한과 닻별이 함께 있어 참 다행이었다.

'고맙네. 둘 다…'

잠시 후 한이 유려한 비행으로 분홍 꽃 두 송이를 꺾어와 풀잎과 닻별에게 하나씩 건넸다.

"두 분 모두 꽃처럼 아름다우십니다."

풀잎은 미소로 받았다.

"고마워요."

"나도."

닻별은 싱긋 웃으며 보란 듯 머리에 꽃을 꽂았고 풀잎은 그냥 손에 들고 날아가다 휙 내버렸다. 그러자 닻별도 내버렸다. 그렇게 밝아진 셋은 산을 넘고 들을 지나 또 언덕과 산을 훌쩍 넘으며 어느덧 비행의 고도도 높아졌다.

정오를 지나 점점 아룬산이 가까워옴에 그쪽으로 이동하는 무사나 마법사들의 모습이 속속 눈에 들어왔다. 셋은 혹시 어제 충돌했던 그 무리들과 마주칠까봐 큰길을 피해 산길로 우회했다.

"막상 가보면 또 예상치 못한 일들이 일어날 수 있어. 세상 일이 그렇듯 말이야."

닻별의 말에 풀잎은 고개를 끄덕였다. 굴락을 만날 일이 차차 긴장감으로 다가왔다. 그리고 자신도 모르게 주위를 돌아보며 도르덴이나 귀공자의 모습을 찾았다.

'아쉬우면 찾는구나.'

꼴 보기 싫은 화야닡도 다시 보고 싶어졌다.

사회생활이란 게 이런 건지….

분홍 나비가 숨어 있는 한의 가슴이 그나마 다행이었다.

그런 심정으로 산길을 날아갈 때였다.

풀잎은 스르르 비행을 멈췄다. 한과 닻별도 허공에 멈춰 섰다. 바라본 저 앞쪽, 길가의 그루터기에 한 소년이 앉아 있었다.

"……."

풀잎은 다시 천천히 날아갔다. 점점 다가오는 소년은 시무룩한 얼굴이었다.

셋은 그 모습을 보며 앞을 지나갔는데 순간 소년의 뒤로 투명한 뭔가가 후욱! 일렁였다. 풀잎과 닻별은 움칫하며 방어 자세를 잡았다.

하지만 더 이상 별 일은 일어나지 않았다.

'뭐지?'

'뭐야, 이 녀석?'

그때 소년이 고개를 들고 풀잎을 바라보았다. 목걸이가 숨어

있는 풀잎의 옷가슴 쪽을 물끄러미 보더니 이내 침울한 시선을
다시 땅으로 떨어뜨렸다.

"……."

풀잎은 조용히 지면에 내려섰다. 한과 닻별도 내려섰다.

풀잎은 소년의 뒤로 일렁였던 투명함을 떠올리며 한 걸음 다
가섰다. 소년이 눈을 들어 마주하자 조심히 말을 건넸다.

"여기서 뭐하니?"

"……."

"길이라도 잃었니?"

소년은 시선을 거둬들이며 말없이 도리질을 했다.

풀잎은 소년을 살폈다. 열네댓 살 정도 됐을까. 다시 물어보
았다.

"왜 너 혼자 여기에 있어? 부모님은?"

"……."

"친구들하고 놀러왔니?"

선선한 산 속 공기가 둘 사이를 흘렀다.

이윽고 소년이 고개를 들어 풀잎을 마주했다. 그리고 나직이
입을 뗐다.

"아룬산으로 가시나요?"

뜻밖의 물음에 풀잎은 눈을 깜빡였다. 잠깐 생각을 더듬다
고개를 끄덕였다. 소년은 씁쓸한 표정으로 말을 이었다.

"무엇 때문에? 금은보화 때문에?"

"……"

풀잎이 말이 없자 소년은 그럴 줄 알았다는 듯 시선을 거뒀다. 풀잎은 그 눈빛 속에서 어떠한 마법력의 일렁임을 느꼈다.

'뭐지?'

그때 한이 소년에게 물었다.

"아버지나 형이 아룬산으로 가신 거야? 보물을 구해서 너 맛난 거 사주신다고?"

소년은 한을 보더니 뜻밖에 안색이 흔들렸다. 분노는 아니었다. 뭔가 비감어린 심정이 이는가 싶더니 이내 외면하며 한숨을 쉬었다.

풀잎은 닻별을 돌아보며 생각을 전했다.

'얘, 뭐야? 적대적이진 않는데 되게 이상하다.'

'독특한 마법력을 숨기고 있어. 어린 녀석이 세상 다 산 것 같은 표정도 그렇고.'

그때였다. 갑자기 결심이라도 한 듯 소년이 자리에서 불끈 일어났다.

"가죠. 어차피 가야 하니…"

소년은 풀잎의 가슴을 스쳐보며 걸음을 옮겼다.

한이 멀뚱히 물었다.

"어디 가? 설마 너도 아룬산으로 간다고? 우린 날아갈 건데?"

그러자 대답이라도 하듯 소년의 몸이 허공으로 떠올랐다. 한은 눈이 동그래지며 풀잎에게 속삭였다.

"쟤 뭔가요? 마법사인가요? 저 어린 게? 그리고 자식이 왜 자꾸…"

풀잎의 가슴을 쳐다보느냐고 한마디 하려다 말았다.

풀잎은 산길을 따라 천천히 멀어지는 소년을 바라보았다. 마법 계열의 가문에선 어릴 때부터 마법을 가르치기에 소질이 뛰어나면 어린 아이도 얼마든지 날 수 있었다.

'뭘까…'

물론 그것보다는 소년의 뜻 모를 감정적 반응과 조금 전 투명하게 일렁인 그 무언가가 더 관심을 더 끌었다.

"어쨌든 가자."

셋은 모호한 기분으로 다시 몸을 띄웠다. 그리고 동행 아닌 동행처럼 그 알 수 없는 소년을 따라 같은 방향으로 날아갔다.

* * *

까마득히 높은 천정의 구멍에서 한 가닥 햇빛이 흘러내리고 있었다. 그 빛은 아렴풋이 내려와 대전의 단 위에 닿았고 그곳에 쓰러져 있는 고룡의 얼굴에 꺼져가는 불꽃처럼 흔들렸다.

크르르….

단 아래에 도열해 있는 인간과 요정, 오크와 정령 그리고 이계의 마법사들은 모두 표정이 어두웠다.

수백여 그들을 향해 굴락은 흔들리는 불꽃처럼 입을 열었다.

"떠날 이들은…. 떠나도록 하라…. 원하는 만큼…. 가지고…. 이제 떠나라…."

이별을 이야기하는 대왕의 쇠한 모습에 모두는 슬픈 얼굴이 되었다.

* * *

부드러운 산들의 물결 너머 멀리 우뚝 솟은 아룬산이 보이기 시작했다.

풀잎은 가슴이 물결쳤다. 하늘엔 오후의 햇살이 눈부시고 돌아보는 한과 닻별의 얼굴엔 설렘이 반짝였다.

"왔네."

"왔어요."

풀잎은 고개를 끄덕이며 떨리는 한숨을 자아냈다.

마침내 목적지였다.

그리고 때마침 도르덴이 찾아왔다.

"미안해. 화야닡이 예식 끝나고 꼭 밥을 먹고 가야 한다고 해서 말이야."

도르덴은 풀맆과 한, 닻별을 차례로 보다 저만치 나무 옆에 홀로 서 있는 소년을 발견했다.

"누구야?"

풀맆은 소년을 돌아본 뒤 말했다.

"그냥⋯. 같이 왔어요."

"조금 이상한 놈이에요."

한은 자꾸 풀맆의 가슴을 훔쳐본다고 일러바치고 싶었지만 참았다.

도르덴은 소년을 지그시 바라봤다. 열서너 살쯤 되어 보이는 소년은 나이답지 않게 착잡한 눈빛이었다. 그리고 그 눈빛 속엔 깊고 웅혼한 마법력이 도사리고 있었다.

'뭐 하는 녀석이지? 적대적인 느낌은 아닌데.'

화야닡도 팔짱을 끼고 고개를 갸우뚱했다. 그렇게 모두가 자신을 쳐다보자 소년은 한숨을 쉬며 시선을 하늘로 옮겼다.

그냥 가지 말까⋯.

복잡한 마음이 구름 저편에 어수선했다.

　　　　　　　　* * *

　아룬산.

　드디어 왔다.

　하늘을 향해 우뚝 솟은 웅장함과 그 거대한 모습에 모두는 잠시 말을 잊었다. 그리고 산 중턱에 반짝거리는 왕궁의 출입문을 보며 풀잎은 뱃속이 아르르 떨리는 걸 느꼈다.

　'할 수 있어.'

　어깨를 들어 심호흡을 하는 풀잎을 보고 닻별이 따라했다.

　한 역시 만감어린 표정으로 가슴에 손을 얹었다. 홧김에 집을 나서긴 했지만 정말 이곳에 오게 될 줄이야. 하마터면 사라질 뻔했던 고동 소리가 이토록 생생했다.

　'팔자가 바뀌려나.'

　그런 한에게 화야닢이 꽃반지를 건네며 왼손을 내밀었다.

　"운명이야."

　두어 걸음 뒤에서 아룬산을 바라보는 소년의 눈빛이 그처럼 흔들리고 있었다.

　아룬산 위로 광대한 보호막이 나타난 건 한 달 전이었다.

하지만 굴락의 임종이 머지않았다는 이야기가 흘러나온 건 그보다 이른 넉 달 전이었고, 실상 그때부터 온갖 종족의 군상들이 아룬산 앞의 드넓은 평지에 모여들기 시작했다.

"우와…."

그 평지를 가득 메운 이루 셀 수 없이 많은 군막과 천막과 가건물들을 비롯한 임시 거처들에 한은 입을 다물지 못했다.

"이야…."

드래곤의 보물을 탐하러 온 이들만 가득할 거라 생각했는데, 그곳엔 소리치며 물건을 파는 사람들, 지지고 볶는 노점상들, 찻집과 점집, 야바위판을 벌이고 있는 요정과 예쁜 정령 아가씨가 있다며 호객 행위를 하는 오크들까지…. 세상의 축소판만 같은 광경에 한은 웃음이 절로 나왔다.

"기가 막히네."

화가들은 굴락의 죽음이 빚어낼 역사적인 순간을 기록하기 위해 화폭을 펼쳤고, 음유시인들은 현악기를 타며 용생무상을 노래했으며, 종교인들은 벌써부터 굴락을 천국으로 인도해 달라 통성 기도를 하니 세상은 그렇게 축제를 위한 저마다의 존재감으로 와글거리고 있었다.

"허…."

한은 헛웃음이 멈추질 않았다. 어쩌면 이 어마어마한 삶의 용광로 속에서 보물 한 줌을 얻어 금의환향하겠다는 자신이 미친놈처럼 느껴졌다.

그건 풀잎도 마찬가지였으니 과연 이 아득한 생의 바다 앞에서 숨이 간당간당한 드래곤을 만나 사랑의 마음 한 조각을 주십사 청할 수 있을지…. 그래도 되는 건지….

몰래 눈물을 훔치는 소년을 보며 막막한 기분이 되었다.

아룬산을 덮고 있는 보호막은 엷은 푸른빛이 스민 투명함이었다. 그 한쪽에 굴락 대왕의 쾌차를 바라는 꽃이나 선물이나 서신의 접수처가 있었다.

"와아…."

접수처 앞에 줄들이 길었다. 풀잎 일행은 돌아가면서 줄을 섰고 한참을 기다린 끝에 풀잎의 사연을 접수했다.

그렇게 접수된 대부분의 선물이나 사연들은 사무를 보는 정령들의 선에서 걸러졌지만, 천 년 전 굴락과 함께 이계의 침략에 맞서 싸운 연합군의 일원이었다는 플릴 가문의 사연은 굴락의 오른팔인 감무르에게까지 전달됐다.

감무르는 서신을 들고 대전으로 갔다.

단 위에 죽은 듯이 엎드려 있는 고룡에게 그 사연을 전하니 굴락의 눈이 흐릿하게 떠졌다.

"천 년 전에…. 그런 일이 있었는가…."

"천 년 전에 그런 일이 있긴 있었습니다."

"그런가…. 기억이 나지 않는군…."

굴락은 눈을 끔뻑인 뒤 다시 밀려오는 졸음 속으로 빠져 들었다. 감무르는 소리 없이 한숨을 지었다. 어쩔 수 없었다. 이젠 생명력과 함께 그의 기억들도 하나둘 떠나가고 있으니….

한참을 기다려 굴락의 답신을 받은 풀잎은 충격을 받아버렸다.

"그럴 리 없어요. 말도 안 돼요. 기억이 나지 않으신다니…. 어떻게…."

상기된 풀잎은 급히 목걸이를 벗어 접수처에 내보였다.

"이거, 이 목걸이를 대왕님께 보여드리면 분명 기억이 나실 거예요. 이 목걸이는 천 년 전에 대왕님께서 직접 주신 거거든요. 이 목걸이하고 같이 다시 한번 말씀 드려주세요. 부탁이에요. 제발…."

하지만 접수처의 정령은 오늘 접수는 이걸로 끝이라며 손을 펴보였다.

풀잎은 놀라 눈물까지 보이며 사정을 했고, 한은 접수처의 보호막을 주먹으로 내리치며 제대로 전달한 거 맞느냐고 소리쳤지만 아무 소용없었다.

돌아서 자리를 뜨는 정령들 위로 언제였는지 모를 석양이 내리고 있었다.

'아…'

풀잎의 내민 두 손이 망연히 흔들렸다. 처음부터 목걸이도 함께 전했어야 했을까. 굴락을 만나 그의 면전에서 내보이려 했던 게 이제와 통탄스러웠다.

'기억이 나지 않는다니…'

눈물이 볼을 굴러 내렸다.

닻별과 한이 안타까워하며 풀잎을 위로했다.

"울지 마. 내일 다시 접수하면 돼. 설마 오늘밤 꼴깍 돌아가시겠어?"

"그래요. 내일 아침 일찍 이 목걸이하고 같이 다시 들여보내게요. 대왕님이 직접 주신 거니까 분명 기억이 나실 거예요."

"그래, 울지 마. 내 맘이 아프잖아."

닻별은 풀잎의 눈물을 닦아 주었고 한도 닦아주고 싶었지만 손가락만 까딱거렸다.

기억이 나지 않는다….

소년은 텅 빈 접수처를 바라보다 쓸쓸히 시선을 돌렸다. 마음속이 흩날리는 거미줄만 같았다.

그때 화야닐이 날개를 세차게 푸드덕거렸다.

푸드덕푸드덕!

그 바람에 머리칼이 마구 흐트러진 풀잎과 한과 닻별이 인상을 쓰며 돌아보자 화야닙은 날개를 접고 혼잣말을 했다.

"신혼여행이나 따라갈 걸 괜히 왔어."

붉은 노을이 아름답게 또는 장렬하게 지고 있었다.

세상이 밤빛에 젖었다.

도르덴은 산속에 이공간을 만들었고 모두는 마법의 모닥불에 둘러앉아 귀공자가 마련한 따뜻한 차를 마셨다.

한동안 침울했던 풀잎은 한과 닻별의 위로에 더해 귀공자가 특별 조제한 '마음을 달래주는 별빛 한 잔'을 마신 후 표정이 풀렸다.

"고마워요."

도르덴은 희망적인 이야기도 전했다.

"풀잎이 네가 차고 있는 목걸이에 굴락의 마법력이 담겨 있거든. 내일 목걸이를 받아보면 분명 공명을 일으킬 거야. 걱정하지 마."

"네…"

풀잎은 모두에 감사하며 고개를 끄덕였다.

소년은 말없이 찻잔만 만지작거렸다.

풀잎은 '마음을 달래주는 별빛 한 잔'을 한 잔 더 마시고 싶었지만 화야닡이 이놈의 집구석은 밥도 안 먹고 차부터 마신다고 신경질을 부리자 할 수 없이 마음을 접었다.

마지막 만찬일까.

귀공자가 정성을 다한 저녁식사는 더없이 풍성했고 또 훌륭했다. 구수한 차도 좋았다.

식후에 닻별과 한은 이계의 괴물이 들려주는 이상야릇한 저편 세상의 이야기에 눈을 반짝거렸다. 풀잎은 잠시 듣다가 자리를 떴다.

마음이 조금 풀어지긴 했지만 그래도 계속 남아도는 허망함에 한숨을 쉬며 주위를 거닐었다. 그러다 그루터기에 홀로 앉아 있는 소년과 눈이 마주쳤다. 천천히 걸어가 말을 걸었다.

"마법은 어떻게 배운 거야?"

"그냥…"

소년은 담담히 말했다.

풀잎은 뒷짐을 진 채 몇 걸음 걸어갔다가 돌아와 다시 말을 건넸다.

"몇 살이니?"

"열 넷이에요."

처음 봤을 땐 변신마법을 하고 있는 어른일지도 모른다고 생각했는데, 최고위급인 도르덴이 소년이라고 확인한 이상 열네 살이 맞을 터였다.

"여긴 왜 온 거야?"

"……"

"누굴 찾아온 거야? 아니면 굴락 대왕에게 무슨 볼 일이라도 있어?"

침묵이 흘렀다.

소년은 가슴을 들어 툭 날숨을 뱉었다.

"사실… 고민 중이에요. 낮에도 고민 중이었지만… 지금도 그냥 돌아갈까 말까…"

"무슨 이유인지 물어도 돼?"

"모르겠어요."

포근한 밤공기가 달빛 위에 흔들렸다.

이번엔 소년이 풀잎에게 물었다.

"굴락 대왕은 왜 만나려는 거예요?"

풀잎도 가슴을 들어 툭 날숨을 쉬었다. 그리고 드래곤의 연심을 구하는 이유에 대해 짤막하게 설명을 했다. 듣고 있던 소년의 표정이 조금 밝아졌다.

"그런 이유가 있었군요."

"그런 이유가 있지."

소년은 고개를 끄덕이며 풀잎의 가슴을 보았다. 풀잎은 소년이 자신의 가슴 속 목걸이를 의식하고 있다는 걸 처음부터 눈치 채고 있었다.

하지만 한은 또 풀잎의 가슴을 빤히 쳐다보는 그 모습에 심사가 못마땅해져 자꾸 흘끔거렸다. 그 마음에 불을 지르듯 닻별이 속삭였다.

"좋아하는 거 뺏기는 거 한 순간이다. 내가 경험해봐서 잘 알아. 조심해. 어린놈이 일찍 발랑 까졌을 지도 몰라. 그리고 풀잎이 년은 생각보다 얘가 순진해. 좀 멍청하기도 하고."

한이 고개를 끄덕이자 이번엔 화야닢이 날개를 움츠리고 속삭였다.

"그래, 내가 봐도 꼬마 놈이 보통이 아니야. 어린 애가 맞긴한데 눈빛도 깊고 뭔가 심상치 않아. 잘못하면 너 닭 쫓던 개가될 수 있다?"

한 번 개가 되어 봤던 한은 그 심정이 명확하게 느껴졌다.

'이러언…'

풀잎과 소년은 그루터기에 나란히 앉아 밤하늘을 보며 이런저런 대화를 나눴다. 고뇌하는 현실적 존재로서 자기 자신에 대해 탐구하는 철학 이야기도 했다.

한은 슬그머니 다가와 귀를 기울이다 둘의 대화에 끼어들었다.

"흠흠, 현실적 존재로서 자기 자신에 대해 탐구하려면 일단집에 가서 공부나 숙제부터 해야 하지 않을까? 부모님이 걱정하실 현실 속의 어린 존재가 이런 욕망의 소용돌이에서 한숨이나 쉬고 있으면 안 되지."

소년은 담담히 미소 지었다. 대신 풀잎이 답했다.

"그럼 그런 현실적 존재로서 한은 무엇 때문에 이 욕망의 소용돌이를 찾아온 거예요? 사랑? 금은보화? 명예?"

"아…. 뭐, 그런 것도 있긴 있지만 실존적인 자기 자신은 자기 부정과 자기 초월의 확대 재생산을 통해 더 명확한 자기 주체성을 자각할 수 있고, 또 어쩌면 소중한 인연과 이런 영웅적인 모험을 바탕으로 실존적 자기 의지 및 영혼의 고양을 이룩할 수 있다고 보는데 솔직히 잘 모르겠어요."

풀잎은 풋 웃었고 소년은 의아한 듯 한을 쳐다보았다. 약간 모자란 느낌이었던 이에게서 형이상학적인 말들이 술술 흘러나온 까닭이었다.

한은 더 밀어붙이라는 닻별과 화야닢의 손짓을 보고, 흠흠, 다시 말을 이었다.

"아무튼 새 나라의 어린이는 얼른 자고 풀잎 아가씨는 저 좀 잠깐 봐요. 실존적 존재로서 진지하게 할 말이 있어요."

풀잎은 '뭔데요?'하는 눈웃음으로 쳐다봤다.

그때 더 밀어붙이라고 손짓을 하던 화야닢이 손가락을 튕겨 별빛을 날렸다. 별빛은 한의 등에 깨알 같이 부서졌고 동시에 한이 털이 북슬북슬한 개로 변했다.

"어?"

풀잎은 움찔하며 다리를 웅크렸다. 하지만 개는 헥헥 달려들어 풀잎의 오른 다리를 냉큼 부둥켰다.

"어머!"

풀잎은 깜짝 놀라 다리를 떨었다. 소년은 당황하며 이게 뭔일인가 했다.

북실이는 좋다고 꼬리를 치며 더 힘껏 끌어안았고 엉덩이를 앞뒤로 흔들어 실존적인 호감도 표했다.

"야아아!"

남 부끄러운 풀잎은 벌떡 일어나 새빨개진 얼굴로 다리를 마구 흔들었다.

"놔! 놔! 놔라고, 이 인간아! 아니, 이 개!… 개!…."

닻별이 그런 한을 가리키며 소리쳤다.

"어머! 자기 부정과 자기 초월을 통해 명확한 자기 주체성을 확보했네!"

화야닡도 박수를 치며 환호했다.

"잘한다!"

풀잎은 다리를 이리저리 내차고 또 힘껏 내떨었지만 달라붙은 북실이는 행복에 겨운 얼굴이었다.

"멍!"

"놔아라고오!"

"철학은 개나 줘버렸네!"

"천생연분이네!"

달밤에 한 몸이 되어 춤을 추는 존재들….

그 모습을 보며 깔깔거리는 또 다른 존재들….

소년은 알다가도 모를 세상의 풍경에 자신도 모르게 웃고 말았다. 밤하늘의 별들이 보석만 같았다.

깊어가는 밤.

군막 안에 모여든 세상의 유력한 이들은 자신들을 부른 작달막한 노인을 말없이 응시하고 있었다.

톨캉은 그들을 향해 하얀 담배 연기를 뿜었다.

"후우…"

퍼져오는 연기에 왕들과 제후들의 미간이 좁아졌다.

톨캉은 나긋한 음성으로 그들에게 선물을 건넸다.

"굴락의 수하들이 빠져나가고 있다고 합니다."

미간과 표정들이 확 퍼졌다. 병력들이 빠져나간다는 건 굴락의 임종이 코앞으로 다가왔다는 말이었다.

"거의 끝에 다다랐다고 보면 됩니다. 날이 밝으면 축제를 벌이도록 하겠습니다."

군막 안에 바람이 일었다. 그 바람에 서로를 돌아보는 얼굴들마다 화색이 돌고 가슴마다엔 희망이 반짝거렸다. 톨캉은 담뱃대를 입에 물고 그 설렘들을 가슴 깊이 빨아들였다.

'드디어…'

복수가 시작되는 것이었다.

대왕 굴락의 마지막 시간이 비참한 장면들로 역사에 박제될 터였다.

모두 잠든 한밤…

또 숑폐의 꿈을 꾸는지 닻별이 희미하게 그 이름을 연발했다.

북실이에서 제 모습으로 돌아온 한은 들릴 듯 말 듯 헥헥 소리를 내고….

풀닢도 꿈을 꿨다.

수많은 사람들 속에서 꽃구경을 하고 있었는데 문득 돌아보니 텅 빈 꽃길에 혼자였다. 목걸이도 사라져 갑자기 눈물이 나려 하는데….

어디선가 북실이가 달려와 좋아한다고 꼬리를 흔들었다. 이름이 생각나지 않았지만, 멍멍, 이름을 지어주고 싶었다.

이름….

홀로 잠들지 못하는 소년은 그루터기에 앉아 달빛 내린 숲을 바라보고 있었다.

평화로이 꿈을 꾸는 이들이 부러웠다.

밤바람에 서글픈 미소는 한숨이 되는데….

자신도 평화로울 수 있을지….

찾아올 내일이란 시간 속에….

그럴 수 없다는 건 잘 알지만, 부디 많이 아프지 않기를….

부디….

소년의 그 표정을 보고 길 잃은 노인처럼 돌아다니던 아인 선생이 물었다.

"젊은이, 혹시 내가 누군지 아는가?"

소년이 쳐다보자 화야닡이 팔짱을 낀 채 너 정체가 뭐냐는 듯 내려다봤다. 소년은 그냥 쓸쓸해지는 미소를 밤하늘로 보냈다. 별들이 그 마음같이 빛나고 있었다.

눈물 ...

동이 텄다.

이른 아침 식사를 마치고 풀잎 일행은 굴락을 만나기 위해 서둘러 매무새를 단정히 한 후 이공간을 나섰다. 천 년 전 그가 준 목걸이와 함께 다시 사연을 접수하면 분명 그의 마법력이 공명을 할 거라는 희망으로.

"다 잘될 거야."

하지만 언덕을 넘어 햇살이 밀려드는 널따란 세상을 바라봤을 때 긴장감과 설렘으로 흔들리던 풀잎의 눈빛은 살얼음처럼 멎어버렸다.

"……"

처음엔 잘못 본 게 아닐까 싶었다. 하지만 눈을 깜빡거리고 다시 보아도 아룬산을 덮고 있는 투명한 보호막 앞에 각양각색의 병력들이 집결해 있었다. 어제까지만 해도 여기저기에 흩어져 깃발만 늘어뜨리고 있었는데….

"무슨…일이지?"

병력들 뒤엔 구름 같은 군중들이 모여들어 소리 낮춰 웅성거리고 있었고 축제만 같던 어제의 분위기는 온데간데없었다.

"왜 갑자기…"

접수처가 있던 보호막의 측면 쪽엔 아무것도 없었다. 그저 맞은편 보호막 안에 스물 남짓한 굴락의 부하들이 우두커니 서서 바깥의 상황을 지켜보고 있을 뿐이었다.

풀맆은 주춤하듯 도르덴을 바라봤다.

"무슨 일이죠? 대체 왜 갑자기…"

도르덴은 입술을 비죽 내밀었다.

무슨 일일까.

굴락이 죽었다면 보호막 안에 흰 깃발이 꽂혔을 터인데, 깃발은 보이지 않았다. 보호막이야 굴락이 숨을 거두더라도 하루 정도는 자체 마법력으로 유지될 테고….

"글쎄…. 심심해서 무슨 행사라도 하려는 것이가?"

말을 그렇게 했지만 병사들 앞엔 평소 모습을 드러내지 않는 마법사들까지 모여 있었다. 아무래도 심상치 않은 상황에 화야닐도 못 마땅한 표정을 지었다.

"이러면 곤란한데…"

풀맆과 한과 닻별은 불안한 눈빛으로 이곳저곳을 살폈다.

대체 무슨 일일까.

오늘 하루 평화롭기를 바랐던 소년은 그 달라진 세상에 말없이 침울해졌다.

평지 한 가운데에 두두룩하게 돋아난 둔덕.

그곳에 홀로 서서 톨캉은 하얀 담배 연기를 뿜었다. 설렜다.

수천 년을 기다려온 이 순간이 더할 나위 없는 감동으로 밀려들고 있었다.

"기분 좋군."

둔덕 주위의 말 탄 왕들과 제후들이 그런 톨캉을 재촉하듯 바라보고 있었다.

톨캉은 흐뭇이 고개를 끄덕였다.

"그래 알았다. 나도 이 설렘을 더는 주체치 못하겠으니."

화답하듯 왼손을 들어 앞으로 뻗었다. 손끝에 붉은 기운이 일렁이자 저 멀리 병력들 앞, 나란히 놓여 있던 흰색 천들이 흐느적 몸을 일으켰다.

하얀 천을 벗어던지고 거인처럼 일어난 건 지푸라기로 된 허수아비들….

허수아비는 정확히 열이었고, 그들의 손엔 똑같이 낫이 들려 있었다. 그리고 두 눈이 타오르듯 붉었다.

그 안광에 도르덴의 표정이 경직됐다.

"설마…"

화야닐은 금방 알아차리고 저 멀리 둔덕 위 누군가를 쏘아보았다.

같은 곳을 보는 소년의 낯빛이 일렁거렸다.

풀딮과 한과 닻별은 망연히 입만 벌렸다.

대체 무슨 일이 벌어지려는 걸까.

풀딮의 눈빛이 분노하듯 흔들렸다.

"갑자기 왜 이러는 거죠? 굴락을 만나야 하는데, 내가 굴락을 만나 목걸이를 보여줘야 하는데 대체 왜 이러는 거냐구요."

낫을 든 커다란 허수아비들이 부는 바람에 힘없이 건들거렸다.

그 모습에 세상 모두가 웅성거렸다.

저걸로 보호막을 깨겠다는 것인가?

고작 낫으로?

설마….

톨캉은 보란 듯 마법력을 쏘았다. 그러자 우두커니 서 있던 허수아비들이 휘적휘적 나아가 보호막 앞에 섰다. 그리고 곧바로 낫을 들어 내리쳤다.

캉!

쇳소리가 하늘로 솟았다.

캉!

풀잎이 놀라 도르덴을 바라봤다.

캉! 캉! 캉! 캉!

일렬로 서서 보호막을 내리치는 그 모습에 세상은 모두 숨을 죽였다.

캉! 캉! 캉! 캉!

보호막 안에선 별다른 동요가 없었다. 저런 가당찮은 낫질에 드래곤의 보호막이 깨질 리 만무하기 때문이었다.

아룬산의 중턱, 궁전의 입구에서 그 모습을 바라보는 감무르 역시 어이가 없다는 듯 웃었다.

"미친 거 아닌가?"

주위의 마법사와 무장들도 실소를 했다.

"보물을 너무 꿈꾸다 머리가 살짝 어떻게 된 모양입니다."

"먹구름을 불러 벼락이라도 꽂아버리지요. 미친놈들에겐 불꽃이 약이니까요."

웃음소리가 퍼졌다. 그중 하나가 감무르에게 물었다.

"어떻게 할까요?"

"내버려 둬. 알아서 포기할 텐데 괜히 관심 가져줄 필요 없지."

감무르는 재차 헛웃음을 지으며 궁전 안으로 사라졌다.

캉! 캉! 캉! 캉!

허수아비들의 낫질과 요란한 쇳소리가 한참을 이어졌다.

별다른 일이 일어나지 않자 상기되었던 풀뤂의 얼굴이 조금씩 안정을 찾았다. 귀공자가 말을 붙였다.

"보호막이 깨질 리 없습니다. 상황을 지켜보다가 아룬산 쪽에 접촉해 보겠습니다."

풀뤂은 마음을 추스르고 감사를 표했다. 천천히 심호흡을 하는 그때였다.

콰직!

한 허수아비의 낫에서 이질적인 소리가 솟았다. 동시에 나머지 허수아비들이 움직임을 멈췄다.

보호막 안 굴락의 병력들이 그 미세하게 금간 곳으로 모여들었다. 눈들이 동그래졌다.

그 모습에 도르덴도 어리둥절해 했다.

"설마…. 깨진 건가?"

소년의 표정이 멍해졌다.

톨캉은 신호가 왔다는 듯 흡족해 했다.

"당연히 그래야지."

파해 마법으로 벼려낸 낫에 보호막이 공명을 일으키듯 금이 간 것이었다. 틈을 찾았으니 이제 보호막을 깨뜨리는 건 시간문제였다.

허수아비들이 실금이 간 곳으로 모여들었다. 몇몇은 거미처럼 보호막 위로 기어 올라가 낫을 쳐들었다.

톨캉은 담뱃대를 뻗어 마법력을 쏘았다. 낫들이 덜컥! 붉은 기운을 날리며 일제히 내리닫았다.

캉! 캉! 캉! 캉!

한층 커진 소리가 하늘을 흔들었다.

그 소리에 공명하듯 군중들이 웅성거렸다.

보호막에 금이 간 것 같다는 닻별의 속삭임에 풀잎의 눈빛이 흔들렸다.

"거짓말···. 말도 안 돼···. 어떻게···."

풀잎은 겁먹은 표정으로 귀공자의 팔을 잡았다.

"왜 보고만 있어요? 막아야죠. 저런 짓 못 하게 해야죠. 저런 무례한 짓을 그냥 내버려두면 안 되잖아요. 네?"

귀공자는 도리질을 했다.

"함부로 나섰다간 이 모두를 적으로 만들 수 있습니다. 뒷일을 생각해야 합니다."

풀잎의 호흡이 거칠어졌다. 한이 걱정스런 얼굴로 다가섰다. 상황이 급박하게 흐르자 흐릿하던 아인 선생의 눈에 총기가 돌아왔다.

"굴락 대왕은 존경받는 분이야. 아무리 금은보화가 탐난다고 그분의 마지막 시간을 이렇게 하는 건 아니지!"

캉! 캉! 캉! 캉!

낫질과 보호막의 복원력 사이에 치열한 싸움이 벌어졌다. 실금이 번졌다 사라지기를 반복하는 모습을 보며 굴락의 병력들은 숨을 참았다.

그러다 점점 낫질의 파괴력이 보호막의 복원력을 넘어서며 실금이 또렷이 번져가자, 당황한 요정 마법사 하나가 산 중턱의 궁전을 향해 위험신호를 날렸다.

감겨 있던 굴락의 눈이 스르르 열렸다.

"무슨 소리인가…."

때마침 곁에 다가와 있던 감무르가 머리를 숙였다.

"별일 아닙니다. 몰려와 있는 이들 사이에 작은 소란이 생긴 모양인데, 곧 조용해질 것입니다."

"그런가…."

굴락은 다시 눈을 감았다. 그리고 희미한 숨소리와 함께 의식이 흐려져 갔다.

그때였다. 뒤쪽 멀리 투명한 중문에서 마법사 하나가 감무르를 향해 외침을 보내왔다.

'큰일 났습니다! 보호막에 금이 갔습니다!'

'말도 안 되는 소리!'

'정말입니다! 어서 나와 보십시오!'

믿을 수 없는 보고에 감무르는 잠든 굴락을 돌아본 뒤 조용히 몸을 날렸다.

캉! 캉! 캉! 캉!

하늘로 치솟는 날카로운 소리에 닻별은 몸서리를 쳤다.

풀잎은 두려움에 호흡이 가빠졌다.

소년은 앞으로 걸어 나가 주먹을 움켰고, 그의 등 뒤로 일렁이는 투명한 기운을 도르덴은 말없이 지켜봤다.

콰앙!!

결국 깨져버렸다. 보호막 안에서 처다보고 있던 굴락의 병력들이 화들짝 물러났다. 그리고 때마침 산 중턱에서 날아온 감무르는 그들 앞에 내려서며 경악하듯 입을 벌렸다.

"아…!"

결코 일어날 수 없는 일….

역사상 단 한 번도 일어난 적 없는 임종 보호막의 파괴….

그것도 굴락 대왕의 보호막이 깨진 것이었다.

낫질을 하던 허수아비들은 일제히 멈췄고 그 모습을 바라보는 왕과 제후들은 믿을 수 없다는 듯 눈을 깜빡거렸다.

'마, 말도 안 돼….'

'정말…인가….'

보호막을 깰 수 있다는 톨캉의 말은 굴락의 죽음을 기다리며 무료해 하던 왕과 제후들을 자극했다. 더욱이 코웃음을 친 최고위급에 근접한 마법사들을 단숨에 제압해 버리자 혹시나 하는 기대감이 번졌다. 물론 그래도 설마 그런 일이 일어날까 싶은 게 솔직한 심정이었는데….

'깨졌어….'

그 설마가 정말 현실이 되어 버린 것이었다.

감무르 역시 유리처럼 뚫려있는 보호막 앞으로 다가서며 눈빛이 흔들거렸다.

'어떻게…. 이런 말도 안 되는 일이….'

거짓말만 같은 그 구멍 밖에서 허수아비들의 붉은 눈들이 선홍빛 연기를 날리고 있었다.

톨캉은 재차 마법력을 쏘았다.

허수아비들은 즉각 낫을 쳐들어 힘차게 내리쳤다.

캉! 캉! 캉! 캉!

정신을 차린 감무르는 궁 안에 남아 있는 병력들을 급히 호출한 뒤 구멍 밖으로 광선을 연발해 허수아비 하나를 날려 버렸다.

퍼헝!

불붙어 나동그라지는 허수아비….

톨캉은 불길을 제압해 다시 일으켜 세웠고, 그 사이 이편의 마법사들이 하늘을 날아와 구멍 안으로 벼락과 불덩이를 쏘았다. 감무르와 수하들이 그에 맞서니 구멍을 사이에 두고 화염과 폭음이 뒤흔들렸다.

허수아비들은 솟구치는 불길에 얼굴이 타든 몸의 일부가 터져나가든 상관 않고 계속 세찬 낫질을 멈추지 않았다.

카앙! 쾅!

보호막이 반짝반짝 깨져나갔다.

풀립은 눈물 빛으로 도르덴을 바라봤다.

도르덴은 어떻게 할 거냐고 소년을 응시했다.

상기된 소년의 등 뒤로 투명한 일렁임이 거대한 날개처럼 일떠서고 있었다.

왕과 제후들은 싱숭생숭하며 보호막 앞으로 모여들었다. 그 모습에 뒤쪽의 군중들도 동요하기 시작했다. 모두의 눈앞에 영롱한 보석 바다가 아른거렸다.

톨킹은 담배 연기를 뿜으며 이 순간을 만끽했다.

"죽기 딱 죽기 좋은 날이로군."

콰앙!

보호막의 구멍이 창문처럼 터져 나갔다.

감무르의 외침이 다급해졌고 활짝 열린 창문엔 서로를 향한 화염과 번갯불이 들끓었다. 그 파편에 허수아비들이 나가떨어졌다. 즉시 톨캉의 마법력이 몰려왔고 다시 기어올라온 붉은 눈들은 한층 더 격렬히 낫질을 해댔다.

폭발….

창문이 집채만 하게 터져버렸다.

그때였다. 왼편 멀리, 언덕 위에서 누군가가 하늘로 비상했다.

소년은 온몸을 비틀어 불덩이를 날렸고, 휑하니 열린 보호막 주위에 붙어 있던 허수아비들은 그 불덩이에 장대한 폭발을 일으키며 사방팔방으로 흩날렸다.

"뭐야!"

톨캉이 담뱃대와 함께 펄쩍 뛰었다.

"뭐냐고!"

두 눈이 튀어나오도록 바라본 보호막 앞엔 한 소년이 투명한 불길처럼 이글거리고 있었다.

느닷없는 그 모습에 풀립과 한, 닻별도 눈을 커다랗게 떴다.

소년은 세상 그 모두를 향해 대기를 울리는 듯한 음성으로 말했다.

'그만…'

머릿속을 흔드는 웅혼한 소리에 톨캉은 움찔했다.

'이제 그만…'

소년을 둘러싼 투명함이 파도쳤다.

불붙은 허수아비들은 버둥거리며 일어나지 못했다.

톨캉은 분노하며 담뱃대를 움켜쥐었다.

"그만? 그만! 이게 지금 네 놈의 말 한마디에 그만둘 일이란 말인가!"

소리를 지르며 시뻘건 마법력을 뿜어냈다.

왕들과 제후들도 공격을 부르짖었다.

불길을 날리며 허수아비들이 달려왔다.

보란 듯 소년의 몸에 벼락이 쳤다.

콰직!

그러자 소년의 위로 거대한 무언가가 일떠섰다. 모두가 바라보니 그건 투명하게 이글거리는 드래곤의 형상….

그 형상이 일순 날개를 펴 무수한 벼락불을 작열시키니 사방에서 달려들던 허수아비들이 불붙은 가랑잎처럼 날아가 버렸다.

"뭐…."

내뻗은 톨캉의 담뱃대가 흔들렸다.

왕들과 제후들은 기겁을 하며 물러섰다.

이글거리는 소년과 그 위로 일떠선 드래곤의 형상을 보며 마법사들은 놀란 눈을 끔뻑거렸다.

뭘까….

굴락이 보낸 자일까….

저 형상은 굴락의 모습인가….

모두의 시선을 사로잡은 그 투명한 형상은 시나브로 사라져 갔다. 그 모습에 톨캉은 어금니를 으득 깨물었다.

"어떤 정신 나간 드래곤이…."

어떤 드래곤이 저 소년에게 마법력을 통째로 줘버린 모양이었다. 그것도 저렇게 영혼의 자국이 남을 정도로 모든 것을 휘몰아서….

정말 굴락일까….

'이 미친!'

톨캉은 쏜살같이 날아가 소년에게 벼락을 꽂았다. 소년도 새파란 벼락으로 맞받았다.

콰광!

뿜어나는 빛 가락들, 그 화려한 난무를 가르며 톨캉은 다시 한번 소년을 들이쳤다.

굉음….

왕들과 제후들이 한 목소리로 공격을 외쳤다.

마법사들과 마법무장들이 톨캉에 합세했고 그렇게 사방에서 날아드는 파상공세에 소년은 불꽃 팽이처럼 몸을 뒤챘다.

콰라라락!

톨캉이 벼락 채찍으로 소년의 등허리를 후려쳤다. 보호막에 충돌하고 튕겨 나온 그를 하늘에 떠 있던 마법사들이 불덩이로 내리쳤다. 눈물 난 소년은 몸부림을 쳤다.

'그마안!'

그에게서 무수한 벼락이 뿜어났다. 연쇄폭발에 뒤덮이는 소년의 모습은 만발한 불꽃송이만 같았다.

그 광경에 도르덴은 얼굴을 찌푸렸다.

'젠장, 연심의 별빛 하나 얻으려다 목숨 걸게 생겼네.'

얼빠져 있는 세 남녀 위로 즉시 이공간 마법을 씌웠다.

"여기서 꼼짝 말고 있어."

풀잎이 무어라 말을 하려 했지만 도르덴은 전장으로 질풍처럼 날아가 소년을 뒤덮고 있는 그 모든 공격에 폭풍을 일으켰다. 휘몰아치는 마법의 바람에 불덩이와 광선들이 짚불처럼 흩어졌다.

톨캉이 흠칫하며 쏘아보았다.

'미치광이 요정!'

도르덴은 땅에 착지함과 동시에 다시 한번 몸을 회전시켜 마법의 폭풍을 일으켰다. 몰아닥치는 그 바람에 평지의 병력들과 군중들이 모조리 나자빠졌다.

화아아악!

강렬한 먼지바람이 대지를 쓸고 나갔다. 하늘로 피해 날아오른 마법사들은 당황하며 보호막 쪽을 응시했는데….

그런데 폭풍을 일으킨 요정은 보이지 않고 웬 팔이 여섯 개가 달린 이계의 괴물이 그 여섯 팔 모두에 광검을 뽑아들고 있었다.

"오오냐! 뒤지든 살든 오늘 한번 신나게 놀아보자꾸나!"

그동안 전투에 목말랐던 이계의 괴물은 광검 여섯 자루와 함께 회오리처럼 휘돌아 나가며 번쩍거렸고 이에 광선들이 사방팔방으로 빗발치듯 날아가 연쇄 폭발을 일으켰다.

평평평평!

전장은 순식간에 아수라장으로 변했고, 톨캉은 그런 이계의 괴물을 향해 거대한 용암 덩이를 날렸다.

하지만 그때 소년이 강력한 중력 마법을 발동해 용암 덩이를 땅으로 처박아 버렸고 그 가공할 힘에 천공의 마법사들까지 소리를 지르며 추락했다.

"이, 이런…!"

톨캉마저 머리끄덩이를 잡힌 듯 휘청거렸는데, 다만 그 강력함은 오래 지속되지 못했다.

"네 이놈!"

분기탱천한 톨캉은 유성처럼 날아가 소년을 들이받았다. 화려한 불꽃놀이가 둘을 따라다녔고, 그 사이 마법사와 마법 무장들은 이계의 괴물을 포위하고서 일제공격을 퍼부었다.

'우오오오!'

아무리 팔이 여섯 개여도, 그 팔의 광검들이 미친 듯이 빛발을 뿌려대도 사방에서 쏟아져 들어오는 공격을 당해낼 수는 없었다.

"이런 젠장!"

이계의 괴물은 금세 수세에 몰렸다.

"젠장, 젠장, 젠장 할!"

하지만 도와줄 이는 없었다. 훤히 열린 보호막 안에서 감무르와 굴락의 병력들이 지원사격을 했지만 실질적인 도움은 되지 못했다.

콰쾅!

결국 벼락과 섬광을 연달아 맞으며 이계의 괴물은 보호막에 부딪고 나동그라졌다. 휘청하며 일어선 그에겐 왼쪽 팔 세 개가 모두 사라지고 없었다.

그 모습에 소년은 당황했지만 자신도 몰아쳐오는 광탄을 막기에 정신이 없었다.

그때였다.

이계의 괴물이 땅속으로 슉 사라져 때마침 공격하려던 마법사들을 멈칫하게 하더니 곧바로 아인 선생이 휙 나타나 그 모두를 향해 두 손을 내밀었다.

"고만 좀 해!"

소리를 지르며 노인은 새하얀 마법력을 뿜어냈다.

그 마법력은 짙은 안개를 폭발적으로 생성시키며 구름처럼 밀려나갔고, 깜짝 놀란 병력과 군중들이 어찌할 틈도 없이 세상을 허옇게 뒤덮어 버렸다.

톨캉은 그 마법의 시작점을 공격하려다 멈칫했다. 노인을 알아보았다.

"아인? 행방불명 됐다던 아인? 그 아인이 왜 지금…. 대체 이게…."

뜻밖의 존재에 톨캉과 마법사들이 당혹해 하는 사이 짙은 안개 속의 빠진 병력과 군중들은 표정이 멍해져 갔다.

'여기가 어디지…'

'뭐야…. 꿈속인가?'

'너는 누구냐…. 왜 내 손을 잡고 있지?'

안개는 기억을 지우는 마법이었다. 소수에 집중됐을 때는 이제 막 태어난 아기의 수준으로 지워버릴 수 있는데, 이렇게 광범위한 대상으로 발현됐을 때는 단기기억상실증 정도의 효과를 냈다.

이내 안개가 투명하게 사라지며 어리둥절해 하는 군상들을 내놓자 세상은 상실한 기억만큼 조용했다.

"아인!"

톨캉이 눈을 부릅뜨고 그를 향해 불덩이를 날렸다. 상대가 대마법사 칭호를 받던 아인 선생이라 해도 길을 막는다면 적일 뿐이었다.

같은 이유로 마법사들도 일제 공격을 했고 노마법사는 몰려오는 광선과 벼락들에 허둥지둥 당황했다. 그리고 금세 자신감을 상실하고서 피하거나 방어하기에 급급했다.

그건 마법 전투가 처음인 소년도 마찬가지였으니 어느새 온몸은 상처투성이에 얼굴은 붉은 선혈이 흘러내리고 있었다.

언덕 위 이공간 속의 셋은 입을 벌린 채 미동도 하지 못했다.

풀잎의 볼에 눈물이 굴러 내릴 뿐….

현실은 감히 자신들이 나설 수조차도 없는 신들의 전쟁터만 같았다.

아련히 들려오는 폭발음….

궁전의 내부가 우르르 진동하자 잠들어 있던 굴락이 힘없이 눈을 떴다.

"무슨 일인가…."

대기하고 있던 정령이 날아와 머리를 조아렸다. 그리고 대왕께는 알리지 말라는 감무르의 명을 어기고 급박하게 돌아가는 바깥의 상황을 전했다.

듣고 있던 굴락의 얼굴이 빠르게 변해갔다. 마치 죽기 전 마지막 감정을 태워 올리듯 안광이 형형해졌다.

"무엄하도다…."

감히 대왕의 보호막을 깨뜨리다니, 영혼 가득 분노한 굴락은 마법력을 죄 그러모아 하늘로 토해냈다.

화아악….

청명했던 하늘에 먹구름이 몰려들었다.

소년과 아인 선생을 불꽃 나게 몰아붙이던 이들은 갑자기 어두워지는 세상에 고개를 쳐들었다. 천지간을 뒤덮은 채 몰려오는 건 어마어마한 눈 폭풍이었다.

"헉…"

눈보라는 굴락의 형상으로 화해 날개를 폈고, 놀라 물러서는 톨캉과 마법사들을 그대로 뒤덮쳤다. 비명이 솟았다. 사방으로 흩어지는 그들을 향해 눈보라 드래곤은 입을 벌려 시푸른 벼락 줄기를 토해냈다.

콰지지직!

톨캉은 그 벼락을 피해 반격을 시도했다. 하지만 굴락의 형상은 다시 눈 폭풍으로 화해 그를 휩싸버렸다. 짙은 난무가 눈앞을 때렸다.

'이, 이런…!'

휘몰아치는 폭설에 군중들은 모두 죽은 듯이 땅에 엎드렸다.

봄이었는데, 굴락의 영원한 안식을 기다리지 못하고 보호막을 깨뜨렸다가 동티가 난 것일까. 보물은커녕 이대로 눈 속에 파묻혀 종말을 맞을 것만 같았다.

그 혼돈 속에서 톨캉은 홀로 담뱃대를 휘두르며 방황했다. 자신의 마법력을 계속 촛불처럼 꺼뜨려 버리는 그의 눈보라에 굴욕감이 치밀었다.

'빌어먹을! 빌어먹을! 죽기 직전이라는 굴락이 대체 왜 이러는 거야! 대체 왜애!'

세찬 폭설은….

오래 가지 못했다. 순간적으로 타올랐던 굴락의 결기는 이내 다 타버린 짚불이 되어 가라앉았다. 마법의 눈보라는 곧 평범한 함박눈이 되어 흩날렸다.

"아…."

구름이 갈라졌다.

햇살이 눈부셨다.

새하얀 설경이 그 빛에 반짝거리고, 풀잎과 닻별은 차오르는 비감에 숨이 가빠왔다. 한도 알 수 없는 눈물이 아른거렸다.

톨캉은 반짝반짝 흘러가는 눈송이 너머로 소년과 아인 선생을 응시했다. 둘 다 피투성이였다.

'끝난 건가?'

세상은 하얗게 다 타버린 굴락의 영혼만 같았다.

톨캉의 얼굴에 미소가 번졌다. 가슴이 생동했다. 기진맥진해 쓰러져 있는 고룡이 눈앞에 보이는 듯했다.

'끝났어. 다 끝났어. 이제 남은 건 나만의 시간일 뿐이야. 내 발 아래서 짓밟힐 굴락의 마지막….'

그때였다. 핏빛으로 웅크리고 있던 아인 선생이 갑자기 검푸른 날개를 확 펴며 하늘로 날아올랐다. 주춤하는 다른 마법사들과 달리 이계의 그녀를 바로 알아본 톨캉은 화들짝 놀랐다.

'쟤, 쟤는!….'

화야닐은 두 팔을 양 옆으로 펼치고 안광을 검푸른 빛으로 물들였다. 이어 같은 빛깔 마법력을 파도치듯 뿜어냈다.

그러자 드넓은 평지 가득 엎드리거나 주저앉아 있던 군중들 아래서 검푸른 물빛이 차오르기 시작했다.

놀란 비명소리가 대지를 흔들었다. 그 물빛은 순식간에 무릎을 지나 허리까지 차올랐고, 아우성과 괴성은 넘실거리는 물결을 타고 목까지 떠올라 흰자위를 해반닥거렸다.

왕과 제후들은 자체 마법도구나 비행화를 이용해 허공으로 날아올랐지만 대부분의 병력과 군중들은 그 검푸른 바다 속에서 개미떼처럼 들끓었다.

으아아아!

어마어마한 마법력의 발현에 톨캉과 마법사들은 얼이 빠져 버렸다. 소년 역시 둥그레진 눈으로 입을 다물지 못했으니, 한과 풀립과 닻별은 눈앞의 광경이 그저 꿈속인 듯했다.

순간 화야닐이 두 손을 앞으로 모아 불끈 쥐었다. 그러자 검푸른 바다가 그 많은 군상들을 물속으로 집어삼키며 그대로 번쩍 얼어버렸다.

세상이 침묵에 빠졌다.

굴락의 마법력이 사라진 하늘은 파랗게 빛나고, 그 햇살이 반사되는 검푸른 얼음 바다엔 더 이상 아무런 소리도 움직임도 없었다.

넋이 나가 버린 풀잎처럼….

얼음 바다 안의 수많은 생명들처럼….

톨캉은 서서히 추락해 그 고요한 시공 위에 내려섰다.

"……."

발밑이 딱딱했다. 공기마저 차가운 그 시공, 아득하게 얼어붙어 있는 검푸른 세상을 돌아보며 입가로 침이 흘러내리는 지도 몰랐다.

그때였다.

자체 복원력에 창문 크기만 하게 줄어든 보호막의 구멍으로 화야닡이 휙 다붙었다. 그리고 안쪽의 감무르를 향해 말했다.

"들어가도 되지?"

감무르는 즉각 고개를 끄덕였다.

화야닡은 언덕 쪽으로 번개 같이 날아가 이공간 속의 셋을 날개 안에 휘감아 안고 돌아와 그 구멍 안으로 쏙 들어갔다. 그리고 감무르를 지나 저 멀리 산 중턱의 궁전 입구까지 눈 깜짝할 새에 날아가 버렸다.

소년은 그 모습을 바라보다 감무르와 눈이 마주쳤다. 감무르는 어서 들어오라 손짓을 했다. 소년은 톨캉 쪽을 일견한 후 보호막 안으로 몸을 날렸다.

그 광경을 멍하니 보던 톨캉은 불현듯 흠칫 놀랐다.

"헉!"

뒤늦게 화야닠의 특성을 기억해낸 그는 검푸른 얼음 바다를 돌아보며 이렇게 외쳤다.

"가짜야! 이건 가짜! 사기라고! 사기란 말이야!"

그 외침을 저 멀리 산 중턱에서 들은 화야닠은 피식 웃으며 궁전으로 들어갔다.

그러자 얼어붙어 있던 검푸른 바다가 일제히 물결을 치며 반짝였고, 순간 환영마법이 풀리며 그 안에 갇혀있던 이들이 모조리 쓰러졌다.

주저앉고 널브러지는 무수한 놀람과 공포는, 그러나 텅 비어 사라지지고 없는 얼음 바다에 창백함으로 돌변했다.

'어…'

주위를 돌아보는 얼빠진 눈빛들….

세상은 하얗게 눈 덮여 고요했고, 검푸른 얼음 바다의 숨 막힘은 꿈인지 현실인지 그저 새하얀 설경의 눈부심만 봄날의 하늘 아래 반짝거렸다.

'세상에…'

마법사들은 다시 한번 경악하며 영혼을 떨었다.

환영마법은 톨캉의 말대로 가짜며 사기였다.

하지만 아무리 사기라도 이런 광범위한 사기는 기적처럼만 보였으니 기가 막힌 톨캉은 더 이상 어떤 명령도 마법도 빚어낼 엄두도 내지 못했다.

그저 해동됐다고 착각한 군중들이 서로를 얼싸안으며 뜨거운 눈물을 터트리고 있었다.

그러는 사이 보호막의 구멍은 점점 더 닫혀 원상복구가 됐고, 그 모습을 보호막 안에서 끝까지 지켜본 소년은 그제야 아룬산을 향해 걸음을 돌렸다.

감무르가 그 뒤를 따랐다.

보호막 앞에는 불탄 허수아비들이 널브러져 있었고, 눈 폭풍이 치던 하늘은 언제 그랬냐는 듯 청명하기만 했다.

마지막 힘을 쥐어짜낸 굴락은 급속히 쇠하였다.

단 주위에 모여든 요정과 정령들이 혼신을 다해 치유마법을 발했지만 고룡은 빛바랜 낙엽만 같았다.

그 시각 감무르는 궁 안으로 들어온 풀닢 일행에게 머리를 숙여 감사를 표했고, 잠시 기다리라 한 후 대전으로 날아갔다.

풀닢과 한과 닻별은 멀어지는 그 모습을 우두커니 바라보았다. 언덕에서 목도한 그 어마어마한 광경에 아직 빠진 얼이 돌아오지 않고 있었다.

반면 화야닡은 짝 다리를 짚은 채 높고 으리으리한 궁을 둘러보며 한마디했다.

"잘 만들었네. 이런 걸 두고 눈을 감으려면 많이 아쉽겠어."

도르덴은 어쩔 수 없다는 듯 고개를 끄덕였다.

"오는 길이 있으면 가는 길이 있으니까. 뭐 다 놓고 가야지."

조금 떨어진 곳에 홀로 서 있는 소년은 헝클어진 머리칼에 몸 곳곳이 피투성이에 상처투성이였다. 비감 어린 눈빛으로 고개를 떨구는 그를 풀잎은 말없이 바라보았다.

정체가 뭘까….

그의 뒤로 일떠섰던 거대한 드래곤의 형상이 여전히 눈앞에 생생했다.

왕들과 제후들 그리고 상처투성이인 마법사들이 둔덕 위의 톨캉 주위로 모여들었다. 다들 충격을 먹은 듯 경황이 없었다.

"대체 이게 어찌 된 일이오? 뭐라고 설명을 해주시오."

"굴락이 보낸 자들이 맞소? 난 분명 미치광이 요정 도르덴을 봤소이다만."

"아인 선생도 있었소! 대마법사 아인 선생도!"

"세상에, 다 죽어간다던 굴락이 다시 살아나는 거 아니오? 보호막을 깼다고 분기탱천해서 말이오!"

톨캉은 대답 대신 불 꺼진 담뱃대를 입에 물었다.

'어처구니가 없군….'

느닷없는 존재들의 출현도 놀랍지만 그보다 그 소년의 위로 일떠섰던 드래곤의 흔적이 더 당황스러웠다. 대체 어떤 미친 드래곤이 자신의 모든 걸 넘겨줘버린 건지….

톨캉이 아무 대답이 없자 주위에선 서로 의견을 주고받으며 시끄럽게 웅성거렸다.

"세상에, 그 구름 속에서 나도 하마터면 기억을 잃을 뻔했소."

"내 근위대장은 한 달 전 이야기를 하고 있소이다!"

"대체 이게…!"

설마 그 엄청난 환영마법을 일으킨 존재가 혹 이계의 이름난 마법사 화야닐이 아니냐고, 추측과 당혹감이 상기된 얼굴들 위로 남실거렸다.

'화야닐….'

그 정신머리 없는 존재가 대체 이곳엔 어인 일일까.

후우….

톨캉은 담배 연기 대신 한숨을 뿜었다.

검푸른 얼음바다에 갇혔던 공포가 되살아나는지 군중들이 점점 더 크게 와글거리고 있었다.

요정과 정령들의 치유마법에 힘입어 굴락의 정신이 미약하게나마 돌아왔다.

그는 바깥 상황이 어찌 되었는지 물었다.

다가선 감무르는 감정을 추스르고 자신이 목도한 모든 광경을 소상히 전했다.

잠시 후 굴락은 무겁게 가라앉은 음성으로 말을 꺼냈다.

"그들을 들라 하라…."

감무르는 머리를 숙여 명을 받았다. 그리고 직접 궁전의 입구로 날아가 기다리고 있던 풀맆 일행에게 그 명을 전했다.

"대왕께서 들라 하십니다."

긴장감이 풀맆과 한, 닻별을 돌아보았다.

도르덴은 감사를 표한 후 걸음을 옮겼다.

소년은 착잡한 낯빛으로 잠시 움직이지 않다가 멀어지는 일행의 모습에 뒤늦게 걸음을 뗐다.

그렇게 감무르를 따라가며 둘러본 드래곤의 궁전은 화려하고도 웅장했다.

무수한 보석들로 치장된 높다란 벽과 천정은 마냥 으리으리했고, 마법력이 일렁이는 발아래의 문양들과 살아 움직이는 기묘한 석상들, 별빛이 흘러내리는 허공의 창문들은 별세계에 들어온 듯 놀랍고 신기하기만 했다.

감무르가 어느 한 곳을 가리켰다.

모두가 보니 휑뎅그렁하니 열린 공간의 저편에 금은보화가 강을 이루고 있었다. 계단을 올라가며 바라본 그 아름다운 보석 강에 한은 정신을 뺏길 것만 같았고 풀맆과 닻별도 한동안 시선을 돌리지 못했다.

조금 거리를 두고 따라오는 소년만 점점 침울해지는 마음을 떨어뜨렸다.

공기가 달라졌다.

아주 오래된 듯 텅 빈 대로를 지나 어두운 암석 계단을 올랐다. 투명한 문이 열리며 마침내 드넓은 대전이 나타나니, 저 멀리 커다란 단 위에 죽은 듯이 쓰러져 있는 드래곤이 보였다.

풀잎 일행은 두근거리는 심정으로 감무르를 뒤따랐다. 단 아래 모여 있는 정령과 요정과 인간과 이계의 존재들이 감사를 표하며 좌우로 길을 열었다.

그들을 지나 단 앞으로 갔다.

감무르가 홀로 굴락의 얼굴 가까이 다가가 무어라 속삭였다. 그러자 죽은 것만 같던 드래곤의 몸이 서서히 부풀었다가 다시 천천히 가라앉았다. 그리고 흐릿하게 눈을 떴다.

풀잎은 가슴이 고동쳤다.

마침내 굴락을 마주하게 되는 순간이었다.

그런데 대표로 예를 표할 줄 알았던 도르덴이 어느새 아인 선생으로 화해 주위를 두리번거리고 있자 풀잎은 서둘러 자신이 앞으로 나서 예를 갖췄다.

"영광스러운 굴락 대왕님을 뵙습니다."

한과 닻별도 함께 허리를 숙여 예를 표했다.

굴락은 흐릿한 눈빛으로 잠시 미동도 없다가 이윽고 낮게 울리는 음성으로 입을 열었다.

"그래…. 날 위해…. 그런 위험을 무릅쓰다니…. 고맙군…."

풀잎은 상기된 얼굴로 답했다.

"황송합니다. 그저 이렇게 굴락 대왕님을 뵐 수 있는 것만으로 저희 모두에게 하늘과 같은 영광입니다."

"음…."

굴락은 느릿하게 시선을 움직여 한 명 한 명 그 면모를 보았다. 그리고 조금 떨어져 있는 소년을 끝으로 다시 풀잎과 시선을 마주했다.

"그래…. 모두가 나의 보물을 노리는데…. 어째서 나를 도운 것인가…."

"……."

"바라는 바가 있는가…."

풀잎은 온몸이 전율에 휩싸이는 걸 느꼈다. 떨리는 가슴을 애써 누르고 입술을 열었다.

"네…. 바라는 바가 있습니다."

굴락은 그럴 테지 하는 시선으로 주억거렸다.

"원하는 게 나의 보물이라면…. 마음껏 가지고 떠나도 좋다…."

"제가 원하는 건…."

풀잎의 두 눈이 빛났다.

"대왕님의 보물이 아닙니다."

"그럼…. 원하는 게 무엇인가…"

풀잎은 가슴이 쿵쾅거렸다.

할머니를 대신해 홀로 성을 나설 때만해도 과연 굴락을 만날 수 있을지, 만나 연심의 별빛을 청할 수 있을지 그저 막막하기만 했는데, 온갖 우여곡절 끝에 결국 이 순간을 맞이하게 되니 가슴이 벅차올랐다.

"제가 원하는 것은….

눈물이 날 것만 같았다.

굴락의 아련한 눈빛이 그런 풀잎을 말없이 지켜보고 있었다.

군막 안에 모인 이들은 한껏 위축되어 있으리란 예상을 깨고 뜻밖의 의사를 표했다.

"이대로 물러설 순 없지 않소이까?"

"맞소이다. 여기서 멈추는 건 바보짓이오."

보호막이 깨진 걸 본 까닭이었다.

"그렇습니다! 이미 칼을 뽑았으니 굴락에게 무얼 기대한다는 건 어불성설입니다! 우리 손으로 끝을 봐야 합니다!"

손에 잡힐 것만 같은 보물들, 그 영롱함이 환영마법의 두려움을 기억 저편으로 밀어내고 있었다.

톨캉은 담담히 장단을 맞췄다.

"화야닐이라고…. 대단해 보이지만 실상은 거짓일 뿐입니다. 두려움을 느끼면 얼어붙고, 두려워하지 않으면 아무 것도 아닌 것이죠."

좌중은 서로를 돌아보며 안광을 빛냈다.

톨캉은 새로운 바람을 불어넣었다.

"허수아비들을 일으켜 세우려면 시간이 조금 걸리지만, 분명한 건 보호막은 다시 깨뜨릴 수 있습니다."

군막 안이 나붓거렸다.

바람 탄 왕들 중 하나가 시립한 무장에게 명을 내렸다.

"전열을 재정비하라!"

더 이상 거지처럼 은혜를 바라거나 기다릴 필요 없었다.

문을 열고 들어가 차지하면 될 일!

감겼던 고룡의 눈이 스르르 열렸다.

그리고 잘못 들은 건 아닌지 무겁게 울리는 목소리로 되물었다.

"연심?…."

"네, 제가 원하는 건 보물이 아니라 대왕님의 연심입니다."

풀잎의 대답에 감무르는 의아한 표정을 지었고 굴락 역시 뜬 금없다는 듯 중얼거렸다.

"연심이라…. 연심이라면 사랑하고 그리워하는 마음인데…. 왜 그걸 나한테 원하는 것인가…."

풀잎은 두 손을 모아 간절한 마음으로 사정을 이야기했다.

"저희 가문에서 어떤 마법을 완성하려 하는데, 그 마법의 마지막 재료로 드래곤의 연심이 필요합니다. 인연이 닿는 분은 송구하게도 대왕님뿐이라 감히 이렇게 부탁을 드리러 찾아온 것입니다. 부디 그 마음의 별빛, 연심의 별빛을 얻을 수 있기를 이렇게 간청 드립니다."

풀잎의 설명에 굴락은 희미하게 웃었다.

감무르는 이제야 이해가 된다는 표정이었지만….

하지만 생이 끝나가려 하는 고룡에게 사랑하고 설레는 심정이 담긴 연심의 별빛이라….

아니나 다를까 굴락이 사그라드는 눈빛으로 말했다.

"미안하지만…. 이제 내게 그런 감정은 없다…."

풀잎의 얼굴이 굳었다.

한과 닻별은 숨을 죽였다.

풀잎은 서둘러 목걸이를 벗어 굴락에게 내보였다.

"대왕님, 혹시 이 목걸이를 기억하시는지요."

"……."

목걸이에서 흘러나오는 마법력이 공명을 일으키자 굴락의 표정이 살짝 달라졌다. 때마침 감무르가 다가들어 어제 그 천 년 전 이야기의 후손이라 전했다.

퇴색한 옛 기억이 되살아나며 굴락의 눈빛이 밝아졌다.

"아아…. 그래…. 이제야 생각이 나는군. 그때 그 젊은 왕의 후손이란 말인가?"

"네, 그렇습니다."

풀립의 낯빛이 일렁거렸다. 희망이 찾아오고 있었다.

굴락도 반가운 웃음을 지었다. 오래전 이계의 침략에 맞서 연합세력을 만들었고, 그 공동의 뜻을 확고히 하고자 모두에게 보석 목걸이를 선물했던 것인데….

"그렇군…."

그때의 인연이 천 년이란 시간을 지나 이렇게 다시 찾아온 게 뜻깊었다. 감응하는 굴락의 시선에 도르덴이 앞으로 나서며 말했다.

"대왕님. 송구스럽지만 행복하고 좋았던 시절, 그 마음의 별빛 하나를 만들어 주시면 어떻겠습니까?"

굴락은 아련해지는 미소를 지었다.

풀립은 간절한 얼굴로 숨을 참았다.

그러나 굴락은 서서히 바람이 빠지듯 다시 잦아들었다. 그리고는 허망해지는 눈빛으로 스러졌다.

"미안하구나…. 이젠 그런 기억들은 다 흩어져 버렸어…. 스쳐가는 기억이 조금 있지만…. 아무런 느낌도 들지 않고…. 사랑이라…. 그런 건 그 감정이 생생히 빛날 때의 이야기지…. 이제는 다 바래버렸어…. 더 이상…. 아무 느낌도 일어나지 않아…."

풀잎은 한 대 얻어맞은 듯 눈앞이 흔들렸다.

한과 닻별은 멍하니 입을 벌렸고, 저만치에 홀로 떨어져 있는 소년도 이쪽을 보며 당황했다.

굴락은 힘없이 눈을 감았다.

"미안하다…."

풀잎의 얼굴이 붉게 일렁였다. 잘못 들은 건 아닐까.

허나 굴락은 더 이상 말이 없고 대신 감무르가 안타까이 고개를 저었다.

풀잎의 눈빛이 흔들렸다. 그럴 리 없는데…. 도움을 청하듯 도르덴을 봤지만 그도 체념하듯 입을 닫았다.

'아….'

풀잎의 입술이 떨렸다. 손 안의 목걸이가 어찌할 바를 몰랐다.

'아아….'

여길 어떻게 찾아왔는데….

스물 두해보다 더 파란만장한 시간이 흘러갔는데….

눈앞이 뜨거워졌다. 울음소리가 새어나오려 했다.

"……"

하지만 결국, 돌아설 수밖에 없었다.

뜻밖의 결과에 한과 닻별도 망연자실했다. 다른 뭔가를 달라는 것도 아니고 그저 마음의 한 조각을 원하는 것이었기에 당연히 받을 줄 알았는데….

무리한 부탁이었을까.

이미 빛바랜 존재에게 지난날의 애틋한 감정으로 한번 물들어 달라는 것이….

풀잎은 몇 걸음을 걸어가 희미하게 울음소리를 냈다. 한은 다가가 그녀의 팔을 만졌다. 풀잎은 뿌리치고 서너 걸음 더 멀어져 버렸다.

한은 할 수만 있다면 자신의 마음을 몽땅 떼어주고 싶었지만 그러나 그건 아무짝에도 쓸모가 없었다.

그때 다시 눈을 뜬 굴락이 도르덴을 알아보았다.

"…오랜만이군."

도르덴은 뜻밖이라는 표정으로 물었다.

"저를 기억하십니까?"

"그럼…. 자네는 기억하지. 돌아이라고 소문이 났지 않은가."

"아…. 네…"

도르덴은 추억을 떠올리며 미소 지었고 굴락은 희미한 날숨을 쉰 후 말을 이었다.

"그런데… 여럿이 같이 있군…."

"네, 어쩌다 보니 그렇게 됐습니다. 뭐 지금 이런 부탁을 드려도 되는지 모르겠지만, 이제 그만 서로 떨어지고 싶은데 도와주시겠습니까?"

그런 건 감정이 필요 없었다. 생각만 있으면 되는 일.

굴락은 허공에 물방울 같은 별빛을 빚어 띄워 보냈다. 도르덴은 그 별빛을 두 손으로 받아 감사히 마셨다.

그러자 분신마법이 일어나듯 도르덴 주위로 노마법사 아인 선생, 이계의 괴물, 화야닐이 차례로 나타났다. 화야닐은 한을 향해 싱긋 웃었고, 마지막으로 귀공자가 나타나 대왕 굴락에게 감사를 표했다.

"고맙습니다."

풀잎이 부러운 듯 돌아보았다. 한이 안타까워 손을 내밀었지만 그녀는 닭똥 같은 눈물을 흘리며 고개를 돌려버렸다.

귀공자는 그런 풀잎을 향해 애틋한 미소를 보냈다. 이어 아인 선생, 이계의 괴물, 화야닐에게 차례로 눈인사를 하고, 한과 닻별에게도 다정한 웃음을 지어보인 후 반짝반짝 별빛이 되어 흩어졌다.

잘 지키지 않는 좌우명처럼, 또는 그랬으면 싶은 희망사항처럼 반듯하고 다감하고 요리 잘하던 귀공자는 그렇게 도르덴의 영혼 속으로 사라졌다.

닻별이 가슴에 손을 얹어 슬픔 같은 아쉬움을 표했다.

도르덴은 굴락에게 목례를 했다.

"감사합니다."

굴락은 고개를 끄덕인 후 시선을 정령 닻별에게로 옮겼다.

"그대도 원하는 것이 있는가…."

닻별은 정말 굴락이 자신에게 묻는 것인가 하며 당황하다 곧 설레는 미소와 함께 앞으로 나섰다.

"감사합니다, 대왕님. 저도 정말 바라는 것이 있습니다. 저는 요, 진짜, 사랑하는 그이를 꼭 한 번 다시 만나보고 싶습니다."

"그이라면…."

"숑폐라고 제 연심을 팽개치고 떠나버린 잘생긴 요정이 있습니다. 꼭 한 번 재회하여 제 눈물 겨운 사랑을 전하고 싶습니다. 누가 질투만 하지 않았어도 지금 오순도순 행복하게 잘 살고 있을 텐데, 생각만하면 가슴이…."

"숑폐라…. 안타깝지만 기억에 없다…. 누군지 알 수가 없어…."

닻별의 표정이 멀뚱해졌다.

그때 얼굴에 칼자국이 길게 난 감무르가 앞으로 나섰다.

"대왕이시여, 제가 그 요정의 행방에 대해 알고 있나이다."

"아…. 그런가?"

뜻밖의 이야기에 닻별이 두 눈을 빛냈다. 궁금해 하는 그 모든 시선들에 감무르는 이렇게 답했다.

"실은…. 제가 그 요정입니다."

동시에 감무르의 모습이 한 눈에도 바람둥이만 같은 꽃미남으로 화했다.

"헉…."

숨을 집어 삼킨 닻별이 손을 내밀었다.

"송…. 송폐…."

송폐는 닻별을 향해 다정히 웃어 보였다.

"고맙네요. 한때 제가 양다리를 걸쳤는데, 그런 저를 잊지 않고 이렇게 기억해줘서. 또 보고 싶어 해줘서요."

양다리란 말에 닻별은 풀닢을 돌아보려다가 말았다. 대신 벅차오르는 기쁨으로 송폐에게 다가갔다.

"아니어요. 제가 감사할 따름이에요. 이렇게 만나줘서, 이렇게 절 기억해줘서…."

닻별과 송폐는 운명적인 손을 잡았다. 그리고 보란 듯 풀닢을 돌아보니 때마침 슬쩍 돌아보고 있던 풀닢이 얼른 시선을 거뒀다. 한이 안타까운 마음에 팔을 만졌지만 풀닢은 귀찮다는 듯 뿌리쳤다.

뻘쭘하니 손을 거두는 한에게 굴락이 물었다.

"그대도 바라는 것이 있는가…."

한은 머뭇거렸다. 풀잎의 눈치를 봤다. 닻별이 어서 이야기하라 재촉하자 소박하게 보석 한 줌을 바란다고 답했다.

굴락은 원하는 대로 가져가라 했다.

"감사합니다."

한은 문득 가슴이 떨려왔다. 드래곤의 보물이라니, 가출한 하룻강아지만 같던 자신에게 정말 이런 꿈같은 일이 생길 줄이야. 뭉클뭉클 마음이 높푸르러지는데, 그 풍경 속 풀잎의 어깨가 슬퍼 보였다.

그렇게 누군가는 뜻한 바를 이루고 누군가는 이루지 못한 채 눈물을 훔치는 가운데 이제 굴락의 시선이 홀로 떨어져 있는 소년에게로 향했다.

"그대는…"

감무르가 이미 소년에 대한 이야기를 전했기에 그를 보는 굴락의 눈엔 이채가 어렸다.

풀잎으로부터 시작해 한 명 한 명 그 바라는 바를 물었던 건 어쩌면 소년에게로 향하기 위한 걸음일지 몰랐다.

풀잎도 눈물을 닦고 소년을 바라보았다. 과연 그의 정체는 무엇일까.

"그대는 어떠한 연유로 나를 도왔는가…"

굴락의 물음에 소년은 가만히 입술을 닫았다. 밀려드는 감정을 그 안에 머금었다가 빗장을 열 듯 시선을 들었다.

"전하고픈…. 말씀이 있습니다."

"그게…. 뭔가…."

소년의 표정이 흔들렸다. 갑자기 먹먹해지는 듯 눈빛도 흔들렸다.

"저는…. 제 아버지의 이야기를 하고 싶습니다."

주위의 시선들이 반짝거렸다.

굴락이 그 의문을 대신했다.

"아버지라…."

"네…."

대답하는 소년의 표정이 아련해져 갔다. 그리고 젖어드는 눈빛으로 옛 이야기를 하듯 말했다.

"젊은 시절…. 제 아버지는 나쁜 자들의 꾐에 속아 마계로 넘어갔습니다. 그리고 그곳에 붙잡혀 고문을 당하고 또 실험을 당하셨습니다."

사위가 조용해졌다.

"영혼이 산산조각이 나고 몸은 만신창이가 되었고…. 그렇게 오랜 세월이 흘러 더 이상 쓸모가 없어진 아버지를 마계는 인간의 모습으로 이 세상에 버렸습니다. 그때의 고통과 충격으로 아버지는 기억을 잃었습니다. 아무것도 기억하지 못한 채 길가에 앉아 있던 아버지를 어머니가 불쌍히 여겨 손을 내밀었고…. 아버지는 어머니의 그 손을 잡았습니다."

"……."

"그리고…. 제가 태어났습니다. 하지만 이미 심신이 망가진 아버지는 늘 아프셨고 또 정신을 잃곤 했습니다. 가끔 기력을 차리시면 저랑 놀아주기도 했지만 보통은 깊은 잠에 빠져 계셨습니다. 그리고 얼마 전…. 결국 돌아가셨습니다."

"…안됐군."

굴락의 눈에 슬픔이 비쳤다.

소년의 얼굴엔 복잡다단한 감정이 아른거렸다.

"그런데 돌아가시기 전…. 아버지는 옛 기억들을 모두 떠올리셨습니다. 자신이 누구인지, 본래 이름이 무엇인지, 그리고 어디서 왔는지를 모두 기억해냈습니다. 하지만 마지막 영혼의 불꽃이 꺼져가는 것을 어떻게 할 수는 없었죠. 그렇게 눈을 감으며 아버지는 저에게 부탁을 하셨습니다. 그리고 그 부탁으로 저는 이곳을 찾아오게 되었습니다."

송폐가 감무르의 모습으로 화해 굴락을 바라보았다. 대왕의 눈빛이 흔들리고 있었다. 그를 향한 소년의 목소리엔 격정이 밀려들었다.

"아버지는…. 전해 달라고 하셨습니다…. 그렇게 말도 없이 떠나버려서 죄송하다고…. 화를 내고 가버려서…. 다시는 돌아오지 못하게 돼서…. 너무 죄송하다고…. 용서해 달라고…."

소년의 눈에 눈물이 차올랐다.

굴락은 떨리는 목소리로 물었다.

"부친의 이름이···. 어떻게 되는가···."

소년은 고개를 떨어뜨렸다.

뜨거운 눈물 속으로 메어오는 그 이름을 말했다.

"이이러스···. 입니다···."

굴락의 눈빛이 멈췄다.

그 눈빛은 시간을 거슬러 아주 오래전 어느 날에 부서졌다.

하얗게···.

이젠 무슨 이유였는지 기억도 나지 않는···.

화를 내고 떠나버렸던···. 그날···. 그 이름···.

'러스···.'

감무르는 소년의 위로 일떠섰던 투명한 드래곤의 형상을 떠올렸다. 그 모습이 이이러스의 흔적이었던가 보았다.

소년을 보는 굴락의 얼굴에 격정이 넘실거렸다.

"그랬군···."

하염없이 부서지는 세월들이 눈빛에 파도쳤다.

"그랬어···."

어느 날 낙엽처럼 사라진 자식이란 존재···. 그 희미해진 기억의 파편이 삶의 마지막 순간에 이토록 생생한 모습으로 다시 찾아온 것이었다.

"고맙구나···."

굴락은 목이 메었다.

"그 이야기를 전해줘서…. 내가 죽기 전에…. 이렇게 찾아와 줘서…."

회한이 가슴에 사무쳤다.

"기억도 나지 않는 그날…. 내가 왜 그토록 화가 났던 건지…. 아마 아무 일도 아니었을 텐데…. 왜 그랬을까…."

소년의 얼굴에서 눈물이 방울방울 떨어졌다.

굴락의 젖은 눈빛이 그런 소년을 붙잡듯 형형해져갔다.

"하지만 시간은 되돌릴 수 없는 법…. 그런 마법은 존재치 않으니…. 후회만 남겠지…."

생의 끝자락에 다다른 마음이 절절했다.

"이젠 나의 부탁을 들어주렴…. 비참한 생을 살다 간 네 아비를 대신해…. 부디 이 왕국의 주인이 되어 주렴…. 너에게 나의 모든 걸 전해주고 싶구나…."

소년은 망설임 없이 도리질을 했다.

"싫습니다."

굴락의 눈빛이 멈췄다.

"어째서…."

"저는 평범하게 살고 싶습니다. 권력도 금은보화도…. 왕국도…. 다 싫습니다."

소년은 고개를 들어 굴락 대왕을 마주했다. 눈물이 가득했지만 그 눈엔 거절의 빛이 분명했다.

싫다….

소년의 대답에 굴락은 서서히 바람이 빠졌다. 빛이 바래어가듯 잦아들었다. 그리고 천천히 고개를 끄덕였다.

"그래…. 할 수 없지…. 그렇다면 할 수 없지…."

"……."

"그래도 마지막으로…. 내 손을 한 번 잡아주겠니…. 진정 마지막으로…."

모두가 소년을 바라보았다.

세월의 바다가 둘 사이에 물결쳤다.

눈물을 삼킨 소년은 굴락을 향해 걸음을 옮겼다. 세월을 거슬러가듯, 아버지가 돌아가지 못했던 그 걸음을 대신 걸어 마침내 굴락을 마주했다.

외면할 수 없는 과거이자 현재….

그리고 더 이상 함께할 수 없는 미래….

소년이 손을 잡자 고룡의 눈에서 눈물이 흘러내렸다. 눈물은 영롱한 별빛이 되어 마지막 바람을 전했다.

"그래도…. 이 할애비의 마지막 선물은 받아주렴…."

굴락은 잡은 손에 마법력을 불어넣었다. 손길을 타고 전해오는 그 뜨거운 바람을 소년은 차마 거부하지 못했다.

눈물 난 아버지의 마지막 선물처럼, 굴락의 마지막 바람은 빛덩이로 화해 소년의 가슴을 물들였다. 영혼의 하늘을 물들여 찬란한 별바다를 그려냈다.

과거와 현재가 미래에 빛났다.

"고맙구나⋯. 그리고 행복하도다⋯. 나의 시간은 이렇게 끝이 났다⋯."

굴락은 마지막 숨을 내쉬며 천천히 눈을 감았다.

오랜 세월의 빛이 사라졌다.

생을 마친 고룡을 모두는 말없이 지켜봤다.

소년이 울었다.

다시 일어선 허수아비들, 붉은 눈들이 타올랐다.

톨캉은 담뱃대를 들어 진격을 명했다.

왕과 제후들은 새로운 기대감에 설렜고, 대열을 갖춘 병력들은 긴장감 속에서 전방을 주시했다.

뒤쪽 멀리로 물러난 군중들은 도망칠 준비를 하면서도 혹시나 하는 얼굴로 그 광경을 지켜보고 있었다.

"시작."

톨캉이 마법력을 쏘았다. 보호막은 드래곤의 생사와 관계없이 여전히 굳건했다. 그 위로 붉게 타는 낫질이 쏟아졌다.

캉! 캉! 캉! 캉!

그 모습은 즉시 아룬산의 궁전으로 보고되었다.

모두는 굴락 앞의 소년을 바라보았다. 그가 결정지어야 했다. 이 왕국을 지킬 건지 아니면 모든 것을 지우거나 또는 넘겨줄 건지….

소년은 마법의 힘으로 눈물을 증발시켰다. 그리고 대답했다.

"다들 떠나십시오. 보물은 원하는 대로 가져가셔도 됩니다."

도르덴이 물었다.

"그대는?"

소년은 대답하지 않았다.

이계의 괴물이 빛나는 여섯 검을 뽑아들었다.

"나 먼저 가지."

보물 따위 관심 없는 그는 바로 공간을 베었다. 보호막 탓에 공간이동으로 아룬산을 벗어나는 건 불가능했지만 다른 세계인 이계는 가능했다.

"또 봐."

사라지기 전 괴물은 모두에게 미소를 보냈다. 닻별이 손을 흔들어줬다.

감무르는 소년에게로 가 다시 한번 그의 의중을 물었다. 이내 고개를 끄덕인 감무르는 궁전에 남아 있는 모두에게 철수 명령을 내렸다.

인간과 요정, 정령과 오크와 이계의 마법사들 그리고 보호막

근처에서 대기하고 있는 일부 병력까지 모두가 궁전 내부로 모여들었다.

그리고 감무르의 명에 따라 저마다 보물을 챙겨 아룬산 너머 안전 곳으로 연결된 마법의 문을 통해 떠나갔다.

도르덴은 허공에 마법의 자루를 날렸다. 자루는 새처럼 펄럭이며 날아가 보물을 담뿍 담아 한 보따리로 돌아왔다.

"자, 받아. 빤스 사가야지."

"고맙습니다."

자루를 무겁게 받아 든 한을 제외하고 아무도 보물에 관심이 없었다.

닻별이 풀닢에게 챙겨줄까 물었지만 풀닢은 눈물만 훔칠 뿐이었다. 보물 때문에 이곳에 온 게 아니었다. 절대마법을 완성시킬 연심의 별빛이 필요했다.

'이게 아닌데….'

눈물 난 풀닢의 모습에 한은 시무룩해졌다. 이곳에 가장 절실한 이유로 찾아온 이는 풀닢이었다. 그런데 정작 그녀는 빈손으로 울고 있고, 그저 객기로 집을 나선 자신과 다른 이들만 원하는 것을 얻은 셈이었다.

그때 보호막이 깨졌다는 보고가 감무르의 머릿속에 울려 퍼졌다. 뒤이어 들려오는 희미한 폭음…. 궁전의 벽이 흔들렸다.

화야닠이 날개를 퍼드덕거렸다.

"그만 가지?"

도르덴은 소년의 어깨를 다독여 줬다.

감무르는 굴락에게 마지막 절을 했다. 그리고 소년에게 깊숙이 머리를 숙였다.

허공을 향한 소년의 목소리가 아련했다.

"잘 가세요. 모두들…."

감무르는 송폐로 화해 닻별의 손을 잡았다.

그렇게 소년을 제외한 모두는 또 다른 마법의 문을 통해 아룬산의 전경이 내려다보이는 산등성이로 빠져나왔다.

도르덴은 착잡한 얼굴로 팔짱을 꼈다.

"자, 이제 어떻게 할 셈인가."

허수아비들은 이제 막 보호막을 성문처럼 무너뜨렸고 몰려온 온갖 군상들은 그 문을 지나 드래곤의 궁전이 있는 산을 향해 환호성처럼 몰려가고 있었다.

소년은 까마득히 높은 천정을 우러렀다.

그 구멍에서 새어 들어오는 햇빛이 하   다.

이젠 모든 걸 정리할 시간….

'안녕히…'

마법을 발해 더 이상 필요치 않는 보호막을 거뒀다. 그리고 굴락의 시신을 수많은 오색 별빛으로 변화시켜 허공으로 떠올렸다. 햇빛이 들어오는 저 하늘로 할아버지를 두 손 모아 보내드렸다.

도르덴은 아룬산 위로 반짝반짝 뿜어나는 무언가를 보았다.

하늘 높이 날아오르는 그 영롱한 빛들에 산자락을 거슬러 올라가던 군상들은 무슨 마법인가 하며 쳐다보았다.

"뭐지?"

담뱃대를 입에 문 톨캉도 눈을 크게 떴으니 혹 굴락이 보물들을 모두 증발시켜 버리는 건 아닌가 싶었다. 같은 심정으로 왕들과 제후들이 소리쳤다.

"공격!"

"어서! 빨리!"

그러나 산자락에선 가시나무가 방벽처럼 일어나 밀려드는 이들을 가로막았다.

톨캉과 마법사들이 불덩이를 날렸다. 폭발과 폭음이 땅을 흔들었고, 그러는 사이 하늘의 오색 별빛들은 멀리멀리 사라져 갔다.

공격….

궁 안에 홀로 남은 소년은 투명한 불길에 휩싸였다.

대왕의 마지막 가는 길에 축복이 있기를….

강렬한 마법력을 발현시켜 궁 안의 보물들을 모조리 휘몰아

하늘로 폭발시켰다.

!!!!!!

지축을 흔들며 아룬산이 불을 뿜었다. 불덩이는 장대한 폭음과 함께 천공 위에 무수한 빛 조각들을 토했고, 가시나무 방벽을 넘어 궁전으로 향하던 군상들은 그 광경을 보며 입들을 하염없이 벌렸다.

폭발, 폭발, 폭발….

아룬산이 쉼 없는 빛을 터트렸다. 푸른 하늘을 가득 메운 그 반짝임은 이제 보니 모두가 그토록 원하던 보물들…. 찬란한 눈보라….

세상이 열광했다.

와아아아!!!

소리 지르고 내달리고 서로를 끌어안으며 꿈만 같은 하늘을 우러렀다.

폭발, 폭발, 폭발….

나리는 보석 비에 모두는 굴락의 이름을 합창했다. 그 이름을 축복하고 또 그 이름에 벅찬 만세를 불렀다.

굴락 대왕 만세!!!

만세!!!

만만세!!!

하나 된 축복 속에서 톨캉은 홀로 담뱃대를 떨어뜨렸다. 오랜 세월 꿈꿔온 복수가 멍해진 얼굴 위로 하얀 담배 연기되어 흩어지고 있었다.

'어리석도다…'

누군가에겐 축제의 장….

누군가에겐 슬픈 장례식….

세상은 꿈을 꾸듯 빛나고 푸른 하늘은 투명하도록 맑았다.

그 기억을 남긴 채 풀잎 일행은 걸음을 돌렸다.

바람이 눈물에 흔들리고 있었다.

* * *

산을 내려가며 모두는 말이 없었다.

산 너머에선 기쁨의 함성이 아련히 들려오고….

소년은 어떻게 되었을까.

모두는 꿈속에서 걸어 나오듯 그렇게 산을 내려갔다.

* * *

숲속의 갈림길에서 모두 걸음을 멈췄다.

불어오는 상쾌한 바람이 머리칼을 흔들고, 이제 다 끝났다는
듯 화야닐의 기지개가 하늘을 향해 시원스러웠다.

"홀가분한 게 참 좋네. 나만의 정체성이 참 좋아."

아인 선생은 도르덴에게서 분리가 되자 기억력이 회복되었다.
다만 회복된 기억만큼 걱정거리도 밀려왔다.

"이런, 생각해보니까 어제가 결혼기념일이었네. 우리 마누라
가 성질이 안 났을지 모르겠어. 나 먼저 가보겠네. 도르덴, 나
중에 연락함세."

"그래, 연락해."

"응."

아인이 떠가고 나자 도르덴이 혼잣말을 했다.

"기억이 온전히 돌아온 건 아닌가 보네. 마누라 하늘나라 간
지 옛날인데."

투명한 햇살 사이로 각자의 시간들이 흘러갔다.

맑은 숲의 내음은 코끝을 맴돌다 어디론가 향하고….

화야닐도 이별을 고했다.

"우리 자기, 또 봐?"

"꿈에서 뵐게요."

"우리 자기, 언제 한번 꽃구경 가줄 거지?"

"어젯밤 꿈속에서 꽃들이 흐드러지게 핀 데를 알아냈어요.
맘에 드실 거예요."

"이런 부끄럼쟁이."

화야닢은 호호호 웃더니 공간을 열고 이계로 사라졌다.

"……."

봄바람에 나무들이 살랑거렸다.

한은 알 수 없는 긴 한숨을 내쉬었다.

바람둥이만 같은 송폐의 손을 잡고 닻별의 표정이 행복했다.

한은 도르덴에게 자루를 하나 더 달라고 했다.

도르덴은 허공에서 부들부들한 새 걸 꺼내주었고 한은 그 자
루에 보물을 반반으로 나눴다. 그리고 부들부들한 자루를 풀
닢에게 가져갔다.

"가문을 다시 일으켜 세우려면 필요하잖아요. 저는 이 정도
만 해도 충분하고 넘치니까."

풀닢은 한이 내미는 보물 자루를 보았다. 연심의 별빛은 얻
지 못했지만 그 허망함을 한의 마음이 채워주는 듯했다. 부드
러운 자루를 받아들고 고마움을 표했다.

"감사해요."

"뭘요. 지금껏 저를 여러 번 구해주셨잖아요. 이렇게 숨 쉬고

살아 있는 것만 해도 꿈만 같은데… 어떻게 보답 드려야 할
지…"

풀잎은 보석 자루를 만지작거렸다. 그건 자신도 마찬가지라
고 말하고 싶은데….

그때 도르덴이 품에서 작은 자줏빛 주머니를 꺼냈다.

"자, 이것도 받아."

무엇이냐는 풀잎의 시선에 그가 말했다.

"받아봐."

풀잎은 자루를 땅에 내려놓고 도르덴이 허공에 둥실 띄워 보
내준 자주색 주머니를 받았다.

뭘까….

조심히 열어보니 그 안엔 영롱한 붉은 별빛 하나가 들어 있
었다.

"새벽에 그 꼬마 녀석이 주더라고. 혹 굴락에게서 연심의 별
빛을 받지 못하면 너 주라고."

"……"

"연심은 고 녀석의 마음일 테고 마법력은 제 아버지 거라 온
전히 드래곤의 연심은 아니긴 한데, 그래도 어쨌든 드래곤 쪽
에서 나온 거니까 운이 좋으면 절대마법을 완성시킬 수도 있
을 거야."

붉은 보석처럼 빛나는 연심의 별빛….

그 마음을 들여다보는 풀잎의 얼굴에 여러 빛깔 감정들이 흘러 다녔다. 호흡이 살짝 가빠지려 하는데….

한은 풀잎 앞에 쓰러져 있는 보물 자루가 초라하게 느껴졌다. 그건 자신의 것도 아닌 그저 얻은 것이었다. 풀잎이 진정 원하는 것도 아닌…. 마음 어딘가가 낙엽처럼 흔들리는 듯했다.

그때였다.

하늘 위로 소년이 한 마리 새처럼 날아왔다. 내려선 그의 주위로 반짝반짝 물빛이 날렸다. 도르덴과 풀잎은 다행스러운 얼굴로 그를 반겼고 닻별과 송폐도 뛰어와 그를 위로했다.

한도 정중히 슬픔의 예를 표했다.

소년은 다시 차오르는 비감을 안추르고 그 모두에게 감사의 마음을 전했다.

"고맙습니다. 그때 만나지 못했더라면, 걸음을 멈추고 저를 돌아봐주지 않았더라면 이 슬픈 이별마저도 할 수 없었을 거예요."

"……"

"마지막 순간을 제가 지킬 수 있어서…. 저의 두 손으로 보내드릴 수 있어서…. 아버지도 고마워하실 거예요."

투명한 빛들이 반짝반짝 고마워하듯 흘러갔다.

소년은 풀잎에게 다감한 시선을 보냈다.

"잠시 이야기를 나눌 수 있을까요?"

풀잎은 자줏빛 주머니를 두 손으로 감싸며 고개를 끄덕였다.

둘은 저만치 조금 멀리 걸어갔고 한은 자신의 보물 자루를 어색하게 만지작거렸다.

소년과 풀잎은 잠시 말이 없었다.

그 모습을 보며 도르덴이 혼잣말을 했다.

"무슨 이야기를 나눌까?"

한은 조용히 시선을 거뒀다. 흰 구름 위로 하늘이 푸르렀다.

소년은 풀잎에게 다시 한번 고마운 마음을 전했다.

"혼자였다면…. 찾아가지도 못하고 이 모든 순간을 지켜만 봤을 거예요. 아니, 어쩌면 그냥 돌아가 버렸을 지도 모르죠."

"……"

"덕분에 아버지의 말씀도 전하고…. 할아버지도 만나고…."

풀잎은 주머니를 감싼 채 무어라 대답을 해야 할지 몰랐다.

소년은 쓸쓸히 미소 지었다.

"어쩔 수 없죠. 삶이란….."

텅 빈 존재의 바람이 지나갔다. 위로의 심정이 머리칼 끝에 흔들리다, 풀잎은 가만히 입술을 열었다.

"네…"

소년은 한숨을 쉬고 햇살처럼 밝아졌다.

"언제라도 제가 또 도움이 될 수 있기를 희망합니다. 그 연심이 필요하면 언제라도…."

"……"

"그럼, 또 인연이 있다면…"

마지막 인사를 하려던 소년이 밝게 미소 지었다.

"인연이 있기를 희망합니다."

풀잎도 미소 지었다.

도르덴은 그 모습을 보며 고백 어쩌고저쩌고 중얼거렸다.

한은 아무렇지 않은 듯 돌아보곤 다시 고개를 돌렸다. 가슴이 살짝 아려왔다.

그러는 사이 소년이 손을 흔들고 떠났다.

풀잎이 돌아오니 도르덴은 풀잎을 성까지 바래다주겠다고 했다. 오랜만에 옛 연인도 만날 겸 겸사겸사.

"할머니도 반가워하실 거예요."

"할머니…. 그땐 참 예뻤는데. 풀잎이 너처럼."

풀잎은 살짝 웃었다.

한은 땅에 쓰러져 있는 보물 자루를 들어 다시 그녀에게 건넸다.

"여기…"

풀잎은 고맙게 받았다. 그리고 시선을 피하는 한을 눈웃음으로 바라보았다.

닻별은 한이 보물을 잃어버릴 수도 있으니 송폐와 함께 집까지 바래다주겠다고 했다.

"굴락의 보물이 눈처럼 날렸다는 소문이 퍼지면 가는 길마다 덤벼드는 놈들이 많을 거야."

풀잎은 고개를 끄덕였다. 다정한 눈길로 한을 보았다.

"언제 한번 우리 성에 놀러 와요. 마법에 소질이 있어 보이는데 제가 여러 가지 가르쳐 줄게요."

"네, 기회가 닿으면…."

계속 시선을 피하는 한에 풀잎은 모호해지는 미소로 물었다.

"기회가 닿으면?"

"네. 인연이 닿으면…."

평범한 그 기약의 말에 풀잎은 까닭 모를 가슴의 진동을 느꼈다.

한은 길을 따라 시선을 옮겼다. 무대는 막을 내렸고 연극은 끝이 났다. 이제 입고 있는 화려한 옷을 벗고 본래의 자신으로 돌아가야 할 때였다.

'아무래도 무리지.'

풀잎은 한때 왕가였던 가문의 귀공녀….

자신은 그저 평범한 농사꾼….

둘 사이에 더 이상의 인연은 무리인 게 맞았다.

"제가 좀 바쁠 것 같아서요. 집에 해야 할 일도 많고, 밭도 갈아야 하고, 씨도 뿌리고 또 나무도 해야 하고…."

걸어온 길도 다르고 걸어갈 길도 다른….

어쩌다 잠시 신기한 인연이 스쳤을 뿐….

운 좋게 보물을 얻었으니 이제 자신은 본래의 실존적 존재로서 날리아에게 선물할 보석 목걸이와 개나리색 빤스를 사들고 돌아가면 되었다.

"마법 같은 건 아무래도 잘 어울리지 않을 것 같아요. 저는 철학이 그나마 좀…."

"그래요."

풀잎은 덤덤한 표정으로 답했다.

"인연이 있으면 다시 만나겠죠. 인연이 없으면 오늘이 마지막이겠고요."

한은 물결치는 심정으로 고개를 끄덕였다.

둘 사이에 침묵이 흘렀다.

반짝이는 햇살과 그처럼 강렬했던 기억들도 흘러갔다.

"갈게요."

"……."

풀잎의 대답을 듣지 못하고 한은 걸음을 옮겼다. 가슴이 들썩거렸다. 돌아보며 한마디 더 했다.

"잘 가세요."

닻별이 그런 한을 따라가며 풀잎을 향해 입 모양으로 말했다.

'슬픈 이별이네.'

한과 닻별 그리고 숑폐가 멀어져 갔다.

풀잎은 달려가 한의 엉덩이를 냅다 차주는 상상을 했다.

"바보…. 멍청이…"

도르덴이 웃음 지었다.

풀잎은 점점 작아지는 한의 모습을 응시하다 결국 더 이상 보이지 않게 되었을 때 갑자기 표정이 흔들렸다.

"치이…."

기분이 왜 이럴까.

바라던 걸 다 얻었는데….

모두 다 제 갈 길로 떠나서 그런 걸까?

도르덴은 다 그런 거라며 푸른 하늘을 향해 웃었다.

풀잎의 눈엔 눈물이 차오르고 말았다.

그렇게 꿈같은 이야기를 남기고 모두가 제 갈 길을 간 하늘에 하얀 뭉게구름이 빛나고 있었다.

금의환향

다행이었다.

소년이 준 연심의 별빛은 절대마법을 아무런 문제없이 완성시켰고, 마법의 회오리는 찬연히 날아올라 플릴 성을 새롭게 변모시켰다.

그건 방어막이기도 했고 강력한 힘의 원천이기도 했으니 그힘과 합일이 된 할머니는 최고위급 마법사로 발돋움을 했다. 그리고 그 소문은 사방팔방으로 퍼져 나갔다.

무시하던 인근의 제후들과 다른 국가에서 축하사절단이 찾아오고, 최고위급 마법사 회의에선 참석을 부탁했으며, 유력 가문에선 청혼이 밀려들었다.

그런 꿈같은 나날이 이어졌지만 풀립은 가슴 한 가운데가 휑했다. 자꾸 창밖을 내다봤고 꼬리치는 개를 보면 괜히 반가웠다. 누가 찾아왔다고 하면 가슴이 저 혼자 콩닥거리기도 했다.

"화야닡이란 분이 엿을 보내왔습니다."

시간이 갈수록 가슴은 더 텅 비어 창밖의 빗소리에 눈물이
났다.

* * *

한은 금의환향하듯 집에 돌아왔다.

그동안 혼자서 밭 갈고 씨 뿌리고 밤에는 철학 공부하며 힘
들게 주경야독했던 아버지는 큰아들이 돌아왔다는 소리에 욕
을 한 바가지나 퍼부으며 뛰어나왔다.

"이런 개…!"

하지만 가슴엔 흉갑, 허리엔 빛나는 검을 차고 부하인 양 요
정과 정령까지 대동하고 선 한의 모습에 침을 꼴깍 삼키고 말
았다.

"왔냐…"

"아부지, 저 출세했어요."

가족들은 만세를 부르며 뛰어나와 출세한 아들, 오빠, 형을
끌어안았다.

출세한 한의 소식에 때마침 심심하던 마을엔 잔치가 벌어졌다.

한은 당당히 집안의 빚도 갚고 땅도 사고 커다란 집도 샀다.

하지만 날리아는 그새 양가가 모여 결혼을 시키기로 약속을 한 모양이었다.

약혼….

그 이야기를 들었을 때 한은 뜻밖에 별다른 감정이 일지 않았다. 가슴이 살짝 흔들리긴 했지만, 그냥 그랬구나 하고 고개를 끄덕였다.

"어우야, 너도 성공했구나!"

날리아는 한달음에 달려와 눈물까지 보이며 손을 잡았다. 반갑고 또 뭉클했는데, 어쩐 일인지 오래된 풍경 같기도 했다.

"어…. 그래."

"근데…. 나 약혼했어."

"들었어."

"파혼…할까?"

한은 미소 지으며 도리질을 했다.

"그러지 마. 행복하게 살아야지."

"미안해. 솔직히 나 너 사랑해. 너도 알잖아."

"그래. 하지만…."

날리아는 울픈 얼굴로 다시 한번 "파혼할까?" 하고 물었지만 한은 재차 도리질을 했다.

"그냥 행복하게 살아. 우리의 추억은 옛 기억 속에 묻고…. 지크가 좋은 남편이 될 거야."

"치이…."

날리아는 눈물을 훔치더니 가버렸다.

그 후 하루하루 흘러가는 평화로운 일상 속에서 한은 자꾸 누군가가 생각이 났다.

그림책을 넘기듯 떠오르는 그 모습은….

무덤덤한 표정, 살짝 미소 띤 목소리, 바람 탄 머리칼, 비누향…. 분홍….

그녀의 다리에 매달려 정신없이 꼬리를 흔든 기억이 애간장을 녹이듯 사무쳐왔다.

'풀잎….'

보고 싶지만…. 다시 만나보고 싶지만…. 둘의 사이는 너무 멀었다.

모든 게….

어쩌면 그 소년이, 그 어마어마한 존재가 이미 청혼을 했을지도 몰랐다.

"그래…."

이뤄지지 않을 인연은 빨리 잊는 게 나았다.

밤하늘엔 언제나처럼 별들이 많았다.

창가에 턱을 괴고 앉아 한은 또 풀잎을 생각했다.

비행화를 신고 함께 숲을 날아가던 그때….

반짝이는 햇살과 푸른 하늘빛….

돌아보면 시간이 멈춘 듯 그림 같은 모습이 신기하기만 했는데….

"신기해…."

영혼이 바뀐 그때도 너무 신기해서, 풀잎이 되어 버린 자신이 너무나 신기해, 가슴을 만져보려다 혼나고…. 몰래 엉덩이를 만져봤을 땐 기분이 정말 형이상학적이었는데….

"진짜…."

그때의 심정이 별바다에 나붓거렸다.

"풀잎…."

불러본 분홍 별빛이 가슴에 뭉클거리는 그때였다. 한은 뭔가 빛 다른 느낌에 마당을 내다봤고, 동시에 움찔하며 눈을 크게 떴다.

'어?'

별빛이 환상이라도 그린 걸까. 하지만 눈을 깜빡이고 다시 보아도 마당에 별빛처럼 존재하는 이는 분명 풀잎이었다. 미소 짓는 그 모습에 놀라 한은 마당으로 뛰어나갔다.

설마….

두근두근 뛰는 가슴….

꿈을 꾸듯 흘러가는 별빛들 속에 풀잎이 웃고 있었다.

'아….'

한은 울렁거리는 심정으로 다가갔다.

새로운 우연일까.

마주한 생생한 모습에 눈물이 날 것만 같은데….

"여긴 어떻게…."

풀잎은 애틋해지는 미소로 말했다.

"그냥…. 제 감정에 솔직해지고 싶어서요."

"……."

"보고 싶었다고 말하면 이번엔 뭐로 변할 거예요?"

한은 아무 말도 하지 못했다. 변하고 싶지 않았다.

그냥 이대로, 꿈이라도 좋으니 이대로….

한 걸음….

다가가 손을 내밀었을 때 닿아온 그대는 필연일까.

입맞춤이 심장을 울렸다.

맞닿은 가슴이 꿈빛에 물들고, 서로는 서로에게 새로운 실존적 존재가 되어 사랑의 날개를 폈다. 그 날개가 더욱 생생한 깃털 느낌으로 한을 감싸 안았는데….

"어?"

눈을 떠보니 화야닐이 감미로운 표정을 짓고 있었다.

"좋아?"

"어라라!"

한은 기겁을 하며 떨어졌고 화야닡은 날개를 팔랑거리며 희희낙락했다.

"아이, 우리 자기. 이제 보니 우리 자기는 풀닢이를 너무 좋아하나 보다. 우리 자기가 진짜 좋아하는 거 아니면 내가 그냥 확 빨아버리려고 했는데, 맞붙은 배꼽이 진짜 생생하게 쿵쾅거리더라고. 잘 해봐. 시간 나면 또 올게."

화야닡은 둥실 떠오르더니 풋 웃으며 사라졌다. 그 모습을 멍하니 쳐다보며 입술을 떨던 한은 이내 한숨을 터트리며 황당해 했다.

"내가 진짜…! 하아…!"

심장이 정신없이 쿵쾅거렸다. 눈물까지 핑 돌았다.

"진짜 풀닢 아가씨인 줄 알고…. 내가 정말…"

사라져가는 마당의 별빛들에 오만 감정이 넘실거렸다.

"내가 진짜…"

진짜로 풀닢이 찾아온 줄 알았는데, 입 맞추는 순간 온 삶이 찬란하게 빛났는데….

"하아아…"

고동소리가 별 하늘에 울려 퍼졌다. 그녀가 아니었으면 텅 비어 버렸을 가슴이 온 하늘에 벅차올랐다. 너무도 안타까웠다.

"이왕 온 거 그냥 변하지 말지…. 아니면 조금만 더 있다가 변하든가…"

바보 같은 사랑에 빠진 걸까.

바보 같은 설렘이, 또 보고픔이, 저 무수한 별빛을 타고 북실이처럼 달려가고 있었다.

행복한 내일

정원에 내리는 햇살이 따사로웠다.

봄바람은 살갗에 부들부들하고, 절대마법에 힘입어 이십 년은 젊어진 할머니는 미소가 생기로웠다.

"풀잎이 네가 정말 큰일을 해냈어."

"제가 뭘요. 할머니가 다 완성시켜서 그런 거죠."

"아니야. 그날 절대마법이 점점 흩어지고 있어서 내가 얼마나 속이 타고 절망스러웠는지 아니? 그런데 때마침 네가 짠! 하고 나타나서 연심의 별빛을 내보이는데, 정말 네가 아니었으면 그 모든 게 다 허무하게 끝나버렸을 거야."

"다 함께 노력한 거죠. 어떻게든 바라는 바를 이루려고 애타하면서…"

"그래, 애타하면서…"

할머니의 충만해지는 숨소리에 풀잎도 긴 한숨을 내쉬었다.

그리고 자연스레 누군가가 떠올랐다.

숨이 막혀오던 그때….

얼어붙은 수면….

애타게 주먹을 내리치던 그 모습이….

그 마음이 아니었으면 이렇게 할머니와 걷고 있는 이 순간은 다신 오지 않았을 터였다.

"풀잎아, 근데 이제 혼사 문제를 한번 신중하게 생각해봐야 하지 않겠니?"

이제껏 눈치 한 번 주지 않고 기다리고 있었지만 더 이상은 힘들었다. 물이 들어올 때 저어야 한다고, 할머니는 사방에서 혼인 제의가 들어오는 이때 결정을 짓고 싶었다.

"가문의 미래를 생각해서…. 물론 상대의 성격이나 가치관도 봐야겠고 또 네 마음에도 들어야 하겠지만 말이야."

"가문의 미래…."

"그렇지."

풀잎은 천천히 할머니를 따라 걸으며 고개를 끄덕였다. 하지만 걸음마다 허탈해지는 기분은 어쩔 수 없었다. 가문을 위해 어떤 사람을 만나, 친해져서, 그의 아내가 된다….

자연스러운 이야기일 수도 있지만 왠지 쓸쓸해져만 가는 이 느낌은 왜일까.

그때 멀리 나무에 오줌을 누고 있는 개 한 마리가 눈에 들어왔다. 꼬리를 흔드는 모습이 누구를 닮았다. 미소 띤 손녀의 얼굴에 할머니가 물었다.

"걔가 맘에 드니?"

"네…. 걔가 맘에 들어요."

하지만 맘에 들었던 걔는 전 여친을 잊지 못해 빤스를 사들고 고향으로 가버렸고, 그저 허무한 실존적 추억만이 텅 빈 어딘가에 반짝거렸다.

몽글몽글 서글픈 바람처럼….

* * *

햇살이 밝았다.

책상에 앉아 철학책을 보고 있던 한은 고개를 들고 긴 한숨을 내쉬었다. 허무했다. 꿈과 희망을 다 당겨써 버린 하루살이처럼….

'그러니까….'

턱을 괴고 창밖을 보았다. 하얗게 흘러가는 햇빛 너머로 그때의 순간이 떠올랐다. 절절한 입맞춤 끝에 일어나 앉아 멍하니 서로를 보던….

둘 사이로 길게 이어진 침…. 그 실낱….

바람에 떠올라 하느작…. 반짝….

콧물의 점성 때문에 잘 안 끊어진 걸까.

그럴지도….

한은 다시 한숨소리를 내며 시무룩해졌다. 이젠 다 꿈같은 이야기였다. 일장춘몽….

"내가 풀잎의 꿈을 꾼 것인가. 아니면 풀잎이 내 꿈을 꾼 것인가."

알 수 없어지는 그때였다. 화창한 마당으로 손가락만 한 정령이 날아들었다.

"오!…."

닻별은 창문을 넘어와 사람 크기로 커지더니 놀라 쳐다보는 한의 어깨를 툭 쳤다.

"뭐해?"

"아, 반가워요."

저번에 집까지 바래다줄 때 또 오겠다고 하더니 정말 다시 찾아온 거였다.

"근데 너 바보 같이 그냥 이렇게 앉아 있을 거야?"

"예? 제가 뭘…."

"뭐긴. 지금 풀잎이한테 사방에서 중매가 들어오고 난리인데 이렇게 멍청하게 앉아서 책이나 보고 있을 거냐고. 뭐야, 실존

철학으로 먹고 사는 법? 놀고 있네."

"왜요. 실존하는 나 자신에 대해 제대로 알아야 장사를 하든 약을 팔든 하죠."

"멍멍. 자, 어쩔 거야. 풀잎이 선보는 거 그냥 보고만 있을 거야? 너 걔 좋아하잖아. 헥헥."

"……."

"안 좋아해?"

"……."

"포기하는 거야?"

"포기라기보다…. 애초에 저는…."

"용기가 안 나?"

한은 힘없이 고개를 끄덕였다.

닻별은 한의 어깨를 다시 툭 쳤다.

"그럼 편지라도 써봐. 내가 전해 줄게."

"편지요?"

"응, 너의 간절한 마음을 담아서. 사랑은 표현하지 않으면 꽃이 피지 않는 마법이라잖아."

닻별의 말에 한의 표정이 달라졌다.

표현하지 않으면…. 이대로 시간이 흐르면….

잠든 사이 마법의 세월이 흘러가 버린 어느 동화 속 연심 이야기가 생각났다.

'풀잎…'

어쩌면 이 순간이 훗날 안타까워해도 되돌릴 수 없는 삶의 가장 소중한 순간일지 몰랐다.

* * *

플릴 성의 꽃무늬 응접실에 중매를 하러온 귀부인이 셋이나 모여 있었다.

서로 자신이 소개하려 하는 귀공자들에 대한 이야기를 흐뭇한 미소 안에 담고서 당사자인 풀잎을 기다리는 중이었다.

이윽고 응접실의 문이 열리며 할머니와 함께 풀잎이 나타났다. 할머니의 환한 표정과 달리 풀잎은 마지못해 따라 나온 얼굴이었다.

"아유, 우리 풀잎 아가씨는 꽃보다 더 아름다우시네."

"딱 결혼하실 때인 거죠."

"호호호, 간밤에 좋은 꿈 꾸셨어요?"

풀잎은 어젯밤 북실이가 빤스를 물고 도망가는 꿈을 꿨다. 자신은 알몸으로 그 뒤를 쫓아다니며 뭐가 그리 좋은지 손뼉을 치며 깔깔거렸는데…. 잡히면 가만 안 둔다고….

'헤유…'

할머니와 귀부인들은 반갑게 자리에 앉았다. 그리고 꽃향기 나는 차를 마시며 이런저런 다른 이들의 행복한 결혼 생활에 대해 이야기를 나눴다.

누구는 깨가 쏟아지고, 누구는 깨를 볶고, 누구는 세쌍둥이를 낳았으며, 또 누구는 아흔다섯에 복상사를 할 뻔 했는데 여든일곱 할머니가 죽어라 인공호흡을 해서 간신히 살려냈다고….

"어머나 세상에…."

"천생연분일세."

풀맆은 자신의 인공호흡이 생각났다. 안 죽었다고 어깨를 다독이던 그의 손길도 떠오르고, 눈물콧물 마냥 뜨거웠던 입맞춤은 뭉클한 추억이 되어….

'바보…. 멍청이…. 똥개….'

그리고 잠시 후 귀부인들이 본격적으로 자신들이 준비해온 가문에 대한 자랑을 늘어놓으려는 그때였다.

꽃무늬 하얀 커튼이 봄바람에 떠오르며 손가락만 한 정령 닻별이 날아들었다.

닻별은 사람 크기로 커지더니 할머니에게 방긋 인사를 했고, 그런 후 탁자 위에 소박한 선물 상자를 내려놓았다.

"뭐야?"

풀잎의 물음에 닻별이 말했다.

"멍멍."

할머니와 귀부인들은 뭔 개소리인가 했지만 풀잎은 번져 오르는 웃음을 참으며 그 선물 상자를 보았다. 닻별이 어서 열어보라고 '헥헥' 개 소리를 냈다.

"흠…"

풀잎은 금세 두 볼에 홍조가 어렸다. 설레는 표정을 다독인 뒤 두 손을 내밀었다.

뭘까….

두근두근, 조심히 상자의 뚜껑을 들어 올렸다.

상자 안에는 분홍 빤스 한 장과 그 옆에 반으로 접은 편지 한 장이 놓여 있었다.

풀잎은 떨리는 마음으로 편지를 열어 보았다.

그곳엔 분홍 꽃 그림과 함께 누군가의 꿈과 희망이 피어 있었다.

오랜 세월이 흐른 후….
오늘을 추억하고 싶습니다
혼자가 아닌
다른 누군가가 아닌
그대와 함께

오늘의 이 순간을 이야기하고 싶습니다
웃으며
행복해 하며
절대 후회하지 않을 그때를 살고 싶습니다
평생
당신의 빤스만 바라볼게요
감사합니다
*^^*

풀잎은 부풀어 오르는 웃음을 참으며 두 볼이 붉어졌다. 중매하러 온 귀부인들은 대체 어떤 가문이 이렇게 노골적인 구애를 하는 거냐며 놀라워했다.

그때 응접실의 문이 열리고 시종이 들어왔다.

시종은 성 밖에 한 소년이 꽃다발을 들고 찾아왔다며 그 소년이 보낸 화려한 보석 상자를 탁자 위에 내려놓았다.

할머니는 사방에서 청혼이 들어오는 중이라며 환히 웃었고, 닺별은 온통 반짝거리는 그 상자에 모호한 미소를 보냈다.

풀잎은 한의 편지를 빤스 위에 내려놓고 소년이 보내온 보석 상자를 바라보았다. 성 밖에 꽃을 들고 있다는 모습을 상상하니 가슴이 혼란스러워졌다.

뭘까….

천천히 상자를 열었다. 상자 안에는 영롱한 붉은 별빛 하나가 담겨 있었다.

그건 연심의 별빛….

할머니와 귀부인들의 탄성이 연이어졌다.

풀잎은 자신 앞에 놓인 두 상자를 보았다.

연심의 별빛이 담긴 보석상자와, 분홍 빤스에 편지 한 장이 놓여있는 소박한 선물 상자….

풀잎은 마음이 설렜다.

그리고 왠지 모르게 그날의 철학 이야기가 떠올랐다.

실존적 자기 자신….

어떤 선물이, 어떤 마음이 자유로운 본연의 자신과 더 잘 어울리는지 미소로 생각해봤다.

* * *

한은 창가의 책상에 앉아 있었다.

손에는 분홍 꽃 한 송이가 햇살에 빛나고, 이는 꽃향기는 코끝을 스치며 이 봄날의 시공을 떨림으로 수놓고 있었다.

"다시 꿈을 꾸는가…."

흘러드는 바람결에 그때가 생각이 났다.

마주앉아 자기소개를 하던….

어색해 하면서도 살짝 설레는 풀립의 표정….

건넛마을 두 살 많은 착한 누나와 지나가다 괜히 마주앉아 차를 마시고 있는 것 같은 착각과 신비로운 떨림을 동시에 느꼈는데…. 고동소리는 그녀의 목소리에 공명하듯 살랑살랑 흔들리고….

"그러니까…."

꿈만 같은 기억들이 반짝반짝 흘러갔다.

흘러갔는데….

하지만 이내 현실로 돌아온 한숨소리는 분홍 꽃잎 위에 초라해지고….

"그래…."

뭘 바라는 건가. 정말 바라는 건가. 도리질을 했다.

"내가 무슨…."

닷별의 채근에 편지와 분홍 빤스를 상자에 담아 보냈지만 고귀한 가문들과 혼담이 오간다는 풀립에게 뭘 바란다는 것 자체가 말도 안 되는 이야기였다. 보내고 나서 생각하니 큰 무례가 아닐까 싶기도 하고….

"그냥 한 번 보고 웃고 말았을 거야. 내가 무슨…."

쓸쓸히 한숨을 짓는 그때였다.

마당에 누가 왔다는 여동생의 목소리에 한은 창밖을 내다봤다. 어리둥절한 얼굴로 자리에서 일어났다. 그리고 설마 하는 표정으로 꽃을 들고 마당으로 나갔다.

포근한 봄바람이 이는 마당엔 분홍치마를 화사하게 차려 입은 풀잎이 미소 짓고 있었다. 그 환상만 같은 풍경에 한은 눈을 깜빡거렸다.

'혹시…'

또 화야닐이 아닌가 싶은 그때 풀잎이 싱긋 웃었다. 한은 아무래도 화야닐이라 생각하고는 기운 빠지듯 어깨를 떨어뜨렸다. 그리곤 흥! 했다.

풀잎의 표정이 주춤하자 한은 착잡함이 밀려드는 얼굴로 말했다.

"아니, 물론 저를 좋아해 주시는 건 감사해요. 솔직히 뭐 꽃구경 정도는 같이 가드릴 수도 있어요. 하지만 이러시면 정말 힘들어요. 안 그래도 제 마음이 어수선하고 또 진짜 허무하고 그러는데, 그렇게 풀잎 아가씨의 모습으로 나타나서 제 마음을 흔들어버리면, 응? 혹시라도 제가 술에 취해 에라 모르겠다고 달려들어서 그냥…. 응? 미안하지만 저는 제 가슴 속의 고동소리가 비현실적인 사랑으로 얼룩지는 걸 바라지 않아요."

풀잎은 웃음을 참으며 말했다.

"아마 저는 괜찮을 거예요."

"뭐가 괜찮아요? 어제도 그냥 정신이 훅 빨려서 꿈과 희망이고 뭐고 계속 빨려 들어갔으면 했는데."

"어제도? 하, 이거 안 되겠네. 오늘부로 당신의 꿈과 희망은 다 내 거예요. 알겠죠?"

"허허, 이거 참. 누구 맘대로?"

그때 풀잎의 어깨 위로 손가락만 한 정령이 나타났다.

"누군 누구야? 풀잎이 맘이지?"

한은 화야닐이라 생각한 풀잎과 그 어깨 위에 나타난 닻별을 번갈아보고는 이내 헉 소리를 냈다.

그리고 빨려 들어갈 듯 풀잎을 바라보았다. 꿈일까. 하지만 생생한 전율은 발끝에서 머리끝까지 번져 오르고 손에 든 분홍 꽃은 별안간 심장 고동소리를 내기 시작했다.

"아…."

한은 얼굴이 상기되며 한 걸음 두 걸음 나아갔다. 그리고 그 실존하는 모습 앞에 서니 세찬 기쁨의 소리는 가슴과 꽃을 오가며 반짝거렸다.

"풀잎…."

"보고 싶었어요?"

한은 주저 없이 고개를 끄덕였다.

그리고 벅차오르는 감동으로 말했다.

"다 가져요."

풀잎은 환히 웃었다. 사랑스럽게 손을 내밀었다.

꽃을 달라고….

꽃은 풀잎에게로 왔고 둘은 가까워졌다.

두 가슴에 피어난 연심의 별빛이 서로를 물들이니 입맞춤은 빛나는 사랑이었다.

한의 가족이 무슨 일인가 하며 마당으로 뛰어나왔다.

때마침 대문 앞을 지나던 지크와 날리아는 놀라 입을 벌렸고, 기다렸다는 듯 날아온 화야닡은 하늘 위로 '이거나 먹어라' 하며 분홍 꽃잎을 뿌렸다.

닻별은 질 수 없다며 꽃바람을 일으켰고 홀렁 떠오른 풀잎의 치마 안에선 한이 선물한 분홍 빤스가 수줍게 빛났다.

와아아!

모두의 탄성과 웃음소리에 두 볼이 붉어져도 입맞춤은 멈추지 않았고, 그런 둘의 모습은 실존적 기쁨이자 행복한 내일을 향한 오늘의 꽃빛이어라.

사랑, 사랑, 사랑 …

　요정의 집 마당엔 기다란 나무 의자가 하나 있었다.

　그 의자에 홀로 앉아 손가락을 만지작거리는 닻별은 조금 긴장한 얼굴이었다. 차오른 숨이 겨워 한숨이 흘러나왔다.

　흘러가는 바람….

　송폐는 또 바람이 나 결국 헤어지고 말았다.

　그동안 품어왔던 애틋한 감정과 그리운 마음은 얼음처럼 바스러졌고….

　송폐가 돌아와 꽃이 만발했던 숲은 다시 황량하게 텅 빈 풍경이 되어 허망한 닻별의 모습만 우두커니 서 있었다.

　공허한 겨울 하늘….

　그 별 하늘을 바라보고 있으면 생각나는 이가 있었다. 마음을 달래주는 별빛 한 잔…. 요리도 잘하고…. 착실한….

　자꾸만 생각나는 그 얼굴에 결국 닻별은 도르덴을 졸라 며칠 전 그와 함께 차를 마시며 이야기를 나눴더랬다.

그런 후 자신의 숲으로 돌아왔는데, 하루 종일 그 착실한 모습이 눈앞에 아른거리고 매일매일 다감한 그 목소리가 바람 따라 살랑거리니 어느새 돌아본 숲은 푸르른 봄빛이 찾아와 있었다.

"하아…."

가슴이 떨려왔다. 왠지 눈물이 날 것도 같은…. 그런 심정으로 기다리는데 뒤쪽에서 문 열리는 소리가 났다.

돌아보니 그가 보였다. 닻별은 자리에서 일어나 그를 맞이했다. 귀공자는 늘 그렇듯 반듯하면서도 다감한 눈길이었다.

"반갑습니다. 다시 뵙네요."

닻별은 설레는 감정을 누르고 편안히 미소 지었다.

"감사해요. 이렇게 다시 만나주셔서."

"아닙니다. 제가 감사드리죠. 닻별님이 아니면 저는 존재하지 못하니까요."

"……"

"닻별님은 제 존재의 이유예요."

존재의 이유….

그대가 있어 내가 있다는….

운명적인 떨림이 그녀의 가슴을 흔들었다. 눈물이 비치려 했지만 그보다는 기쁨이 번지는 얼굴로 손을 내밀었다. 다정히 귀공자가 그 손을 잡았다.

둘은 자리에 앉아 말없이 서로를 바라보았다.

반짝이는 시선 위로 뭉클한 마음이 오가고, 그러다 가까이, 둘은 서로의 입술에 닿았다.

　도르덴은 그 모습을 창문 너머로 바라보았다. 입 맞추며 서로를 감싸는 그 설렘이 고스란히 정신세계에 전해올 수 있지만, 차단시켜 놓았다.

　귀공자는 자신의 일부지만 닻별에게는 특별한 하나일 테니 그 마음에 대한 예의라고 할까.

　"그나저나 풀잎이도 좋은 시간을 보내고 있겠지?"

　웃으며 도르덴은 저 숲 속 어딘가 둘만의 특별한 시공을 떠올려 보았다.

　바람에 흔들리는 무성한 나뭇잎들….

　그 틈새로 내려오는 태양의 파편들이 보석처럼 빛났다.

　상쾌하면서도 진한 숲의 내음, 그 숲길을 손잡고 걸어가는 둘의 얼굴에 하얀 빛들이 아른거렸다.

　풀잎의 연분홍 치마가 마음처럼 살랑이고….

　이내 도착한 그늘진 숲에서 둘은 천천히 심호흡을 하며 서로를 바라보았다. 떨렸다. 신비로운 물결이 눈가를 불어가는 느낌이 나는데….

　둘은 그때처럼 영혼이 바뀌었다. 도근도근 서로를 바라보았다. 한 걸음 앞에 마주서 있는 자신은 더 이상 자신이 아니며, 새로운 자신은 손끝에서 발끝까지, 숨소리와 입술, 속눈썹과 아랫배의 떨림까지 모든 것이 생경한 그대…

둘은 서로를 향해 다가갔다.

다가오는 모습은 분명 나인데…

품에 안기는 가슴이 미로처럼 콩닥거렸다.

떨리는 손으로 서로를 만져보았다. 자신의 등, 자신의 허리, 손안 가득 느껴지는 감촉들이 신기했다. 숨이 가빠지고 가슴이 너울지고, 맞닿은 아랫배의 생생함은 누구의 것일까.

둘은 서로를 바라보았다.

나일까 그대일까. 하나 되는 입술, 입술에 녹아드는 희열, 오금이 빨려들고 영혼이 뒤설레는데….

'하아…'

'허어억…'

휘몰아드는 짜릿함 속에서 둘은 아롱지는 혼돈을 만끽했다. 온몸이 남실거렸다. 매혹된 둘은 또 서로를 바라보았다.

반짝이는 눈, 달콤한 입술, 꽃봉오리 같은 마음이 여름날처럼 빛났다.

그늘진 숲의 한쪽엔 도르덴이 미리 갖다놓은 기다란 나무의자가 있었다.

한이 풀잎을 이끌어 둘은 그 나무의자에 앉았다.

둘은 여전히 서로에게서 시선을 떼지 못했다.

'나…'

한 속의 풀닢은 마주하고 있는 발그레한 자신을 보며 자신이 이런 모습이었던가 하고 생각했다.

이런 느낌이었던가….

그리고 왜일까.

왜 이렇게 만져보고 싶을까.

손을 들어 풀닢의 가슴으로 향했다. 풀닢의 시선이 그 손을 따라왔다. 보드랍게 감싸니 그녀의 어깨가 움직거렸다. 신기했다. 감싸쥐는 손 안엔 전율이 퍼지고 누군가의 심장은 반짝반짝 빛나고…. 붉게 물든 그녀의 모습이 너무나 예쁜데….

'나인데…'

달뜬 눈빛, 달뜬 숨결, 풀닢은 눈을 감아버리고….

한은 몸 어딘가가 하염없이 팽창했다.

입맞춤….

정신은 혼미….

가슴은 쿵쿵….

진한 숲의 내음과 격해지는 황홀감 속에서 결국 둘은 나 몰라라 난분분했다.

* * *

한과 풀잎은 손을 잡고 숲길을 걸었다.

본래의 자신으로 돌아왔지만 둘은 수많은 새로운 색채로 붓질이 된 듯 몸과 마음이 알록달록한 꽃밭만 같았다.

아직도 반짝거리는 신비로운 색감, 놀라운 촉감, 붓질, 희열의 기억….

둘은 서로를 돌아볼 때마다 심장이 너울졌고 또 누구의 가슴인지 모를 콩콩 소리를 들었다. 바라본 하늘이 투명하도록 푸르렀다.

그렇게 돌아온 요정의 집.

마당의 나무의자엔 귀공자와 닻별이 나란히 앉아 있었다.

봄바람이 닻별의 살짝 풀어진 옷가슴을 흔들었다. 머리칼도 조금 흐트러져 있는데…. 하지만 친구를 반기는 미소엔 행복한 마음이 선명했다.

귀공자는 쑥스러운 듯 시선을 피했다.

닻별은 귀공자 쪽으로 다붙으며 옆에 와 앉으라고 빈자리를 다독였다. 풀잎과 한은 웃음 지으며 그 자리에 앉았다. 서로를 돌아보는 볼들이 예뻤다.

"반가워요."

환히 웃는 선남선녀들이 꽃처럼 예뻤다.

화야닡이 찾아왔다.

"왔어?"

노총각처럼 혼자 술을 마시고 있던 도르덴은 탁자 맞은편에 빈 잔을 내려놓았다. 화야닡은 자리에 앉자마자 창밖의 마당을 향해 피식 웃었다.

"아주 쌍으로 좋아 났네."

"그렇지."

도르덴은 화야닡의 잔에 발그레한 술을 조르르 따랐다. 그 술을 달콤히 마신 화야닡은 기분 좋이 말했다.

"우리도 꽃구경 갈까?"

"좋지. 간만에 춘정도 나누고."

"좋지."

둘은 빙그레 웃었다.

창가의 햇살이 눈부시게 너울졌다. 그리고 조그맣게 들려오는 웃음소리들이 행복한 노랫말처럼 듣기 좋았다.

행복을 찾아서

숲길엔 하양 분홍 꽃잎이 눈처럼 날리고 있었다.

풀잎과 한은 그 길을 손잡고 걸으며 화사한 감흥에 취했다.

하늘하늘 흘러가는 꽃빛은 마음을 희롱하고….

시공은 꿈속인 듯 느려지고….

풀잎은 문득 걸음을 세우고 손을 놓았다. 한이 궁금한 듯 바라보자 풀잎은 살랑이는 미소로 말했다.

"업어줘."

한은 활짝 웃었다. 풀잎은 그의 등에 연분홍 꽃처럼 업혔다.

한은 가슴이 팔랑거렸다.

'행복하다….'

'호호.'

풀잎을 업고서 한 걸음 또 한 걸음 한은 이 모든 게 신비로웠다.

풀잎은 한의 어깨를 감싸며 기분 좋이 날숨을 쉬었다.

"한."

"네?"

"나 좋아하죠?"

"많이 좋아하죠. 하늘만큼 땅만큼."

둘의 웃는 얼굴이 서로를 닮았다.

"한."

"네?"

"나 가벼워요?"

"네, 가벼워요. 하지만 조금 더 무게가 느껴져도 좋겠어요."

"왜요?"

"음, 너무 가벼우면 날아갈지도 모르니까. 적당히 무게가 느껴져야 하나 된 느낌이 나니까. 기분 좋은 밀착. 그런 느낌?"

풀잎의 웃음소리가 보들보들했다.

"근데 한."

"네?"

"우리 할머니가 한번 보자고 그러시는데."

"당연히 뵈어야죠. 당연히 뵙고 인사 드려야죠."

"근데 한."

"네?"

"성문 앞에 그 친구가 또 꽃다발을 들고 있으면 어떡할 거예요?"

"아아···. 으음···. 흠, 잘 타일러야죠. 이제 풀잎 아가씨는 제 거라고. 이렇게 내 등에 업혀 있고 또 내가 이 세상 누구보다 사랑한다고."

"후후."

아름다운 꽃길이, 날려 오는 수많은 꽃빛이 아름다웠다.

"한."

"네?"

"나 언제까지 업어줄 거예요?"

돌아보는 한의 얼굴이 빛났다.

"오래오래요. 먼 훗날 가장 빛나던 순간이 지금이라고 이야기해줄 때까지 오래오래 업어줄게요."

"정말요?"

"네. 그때도 제가 사준 빤스 입어줄 거죠?"

"당연하죠. 지금도 가장 빛나지만 그때도 그 순간이 가장 빛날 테니까."

"고마워요."

"쪽···."

풀잎의 입맞춤 소리가 한의 가슴에 화인처럼 찍혔다. 그녀가 구해준 꿈과 희망이 생생히 고동치고, 삶은 그대와 함께 기쁨이어라.

그때 저 멀리서 귀공자와 닻별이 손을 흔들었다. 밥 먹으러 가자고.

"갑시다."

"그래요."

하양 분홍 연분홍 꽃잎이 축복하듯 날리는 봄날의 꽃길에서 둘은 환히 웃었다. 그리고 사랑을 노래했다.

"사랑해요, 한."

"다 가져요, 풀잎."

오래오래 행복을 찾아 꿈과 희망을 노래했다.

〈끝〉